Tucholsky Wagner Zola Scott Sydow Freud Schlegel
Turgenev Wallace Fonatne
Twain Walther von der Vogelweide Fouqué Friedrich II. von Preußen
Weber Freiligrath Frey
Fechner Fichte Weiße Rose von Fallersleben Kant Ernst Richthofen Frommel
Hölderlin
Fehrs Engels Fielding Eichendorff Tacitus Dumas
Faber Flaubert
Feuerbach Maximilian I. von Habsburg Fock Eliasberg Zweig Ebner Eschenbach
Ewald Eliot
Goethe Elisabeth von Österreich London Vergil
Mendelssohn Balzac Shakespeare Dostojewski Ganghofer
Trackl Lichtenberg Rathenau Doyle Gjellerup
Stevenson Hambruch
Mommsen Tolstoi Lenz Droste-Hülshoff
Thoma Hanrieder
Dach Verne von Arnim Hägele Hauff Humboldt
Reuter
Karrillon Rousseau Hagen Hauptmann Gautier
Garschin
Damaschke Defoe Hebbel Baudelaire
Descartes
Wolfram von Eschenbach Hegel Kussmaul Herder
Darwin Dickens Schopenhauer Rilke George
Bronner Melville Grimm Jerome
Campe Horváth Aristoteles Bebel Proust
Bismarck Vigny Barlach Voltaire Federer Herodot
Gengenbach Heine
Storm Casanova Tersteegen Gilm Grillparzer Georgy
Chamberlain Lessing Langbein Gryphius
Brentano Lafontaine
Strachwitz Claudius Schiller Kralik Iffland Sokrates
Katharina II. von Rußland Bellamy Schilling
Gerstäcker Raabe Gibbon Tschechow
Löns Hesse Hoffmann Gogol Wilde Gleim Vulpius
Luther Heym Hofmannsthal Klee Hölty Morgenstern
Roth Heyse Klopstock Kleist Goedicke
Luxemburg Puschkin Homer
La Roche Horaz Mörike Musil
Machiavelli
Navarra Aurel Musset Kierkegaard Kraft Kraus
Nestroy Marie de France Lamprecht Kind Kirchhoff Hugo Moltke
Laotse Ipsen Liebknecht
Nietzsche Nansen Ringelnatz
Marx Lassalle Gorki Klett Leibniz
von Ossietzky May vom Stein Lawrence Irving
Petalozzi Knigge
Platon Pückler Michelangelo Kock Kafka
Sachs Poe Liebermann Korolenko
de Sade Praetorius Mistral Zetkin

Der Verlag tredition aus Hamburg veröffentlicht in der Reihe **TREDITION CLASSICS** Werke aus mehr als zwei Jahrtausenden. Diese waren zu einem Großteil vergriffen oder nur noch antiquarisch erhältlich.

Symbolfigur für **TREDITION CLASSICS** ist Johannes Gutenberg (1400 — 1468), der Erfinder des Buchdrucks mit Metalllettern und der Druckerpresse.

Mit der Buchreihe **TREDITION CLASSICS** verfolgt tredition das Ziel, tausende Klassiker der Weltliteratur verschiedener Sprachen wieder als gedruckte Bücher aufzulegen – und das weltweit!

Die Buchreihe dient zur Bewahrung der Literatur und Förderung der Kultur. Sie trägt so dazu bei, dass viele tausend Werke nicht in Vergessenheit geraten.

Innocens

Ferdinand von Saar

Impressum

Autor: Ferdinand von Saar
Umschlagkonzept: toepferschumann, Berlin

Verlag: tredition GmbH, Hamburg
ISBN: 978-3-8424-1208-8
Printed in Germany

Text der Originalausgabe

Ferdinand von Saar

Innocens

Am südlichen Ende Prags, auf einem gegen die Moldau felsig ab-
stürzenden Hügel, erhebt sich ernst und düster die Wyschehrader
Zitadelle. Es läßt sich im Umkreise einer großen, volkreichen Stadt
nichts einsam Abgeschiedeneres denken als dieses alte, ziemlich
ausgedehnte Fort. Denn die Besatzung beschränkt sich in Friedens-
zeiten auf eine Offizierswache von geringer Stärke, die nur den
allernötigsten Sicherheitsdienst an den Toren und auf den Wällen
versieht. Die Kasematten und Blockhäuser im Innern stehen leer
und verödet, und die spärlich gefüllten Pulvermagazine scheinen
wie die Belagerungsgeschütze nur da zu sein, um einem invaliden
Unteroffizier der Artillerie zur Sinekure eines Zeugwartes zu ver-
helfen. Auch die Poststraße, welche durch die Zitadelle über den
Rücken des Hügels nach Budweis führt, wird nur wenig benützt.
Harmlose Spaziergänger nach dem nahen anmutigen Dorfe Podol,
Landleute aus der Umgegend, welche Lebensmittel zum Prager
Markt bringen, und hin und wieder ein bestäubter Wanderbursche
sind fast die einzigen Passanten der Festungstore. So herrscht innerhalb der Wälle gewöhnlich die tiefste Stille, die nur selten durch
das Rollen eines Wagens, regelmäßig aber am frühen Morgen, mit-
tags und abends durch den Wachetambour mit rasselnden Trom-
melsignalen unterbrochen wird.

Zumal im Winter ist es hier oben traurig und ausgestorben. Kalt
und schneidend saust der Wind um die verlassene Höhe, und miß-
mutig, dicht in ihre Mäntel gehüllt, gehen die Schildwachen auf den
eingeschneiten, von krächzenden Dohlen beflogenen Wällen auf
und nieder Aber wenn der Schnee ins Schmelzen kommt und die
Moldau unten wieder blau und schimmernd vorüberwallt, da ent-
faltet sich in dieser Abgeschiedenheit ein wunderbarer Lenz. Dich-
ter, glänzender Graswuchs überkleidet alle Gräben und Böschun-

gen, und um die eingesunkenen Kanonenlafetten sprießen Veilchen und Primeln. Immer bunter schmückt sich der Rasen, und manche Schießscharte wird durch einen wilden, in voller Blüte stehenden Rosenbusch verdeckt, den ein langjähriger Friede hart am Gemäuer wachsen ließ. Selbst aus den Kugelpyramiden, die der Zeugwart so zierlich zu errichten versteht, sprießt und blüht es: denn der Wind hat Erdreich und Samen in den Fugen abgelagert, und nun duften und schwanken über den furchtbaren Geschossen die blaßgelbe Reseda, der dunkelblaue Rittersporn und die rötliche, langgestielte Steinnelke. Bienen und gepanzerte Käfer summen und schwirren durch die heiße, zitternde Luft; zutraulich zwitschernd lassen sich Hänfling und Rotkehlchen auf die wuchtigen Feuerrohre nieder, und an den Mauerabhängen der Wälle klettert und sonnt sich die goldgrüne, funkelnde Eidechse. –

In solcher Zeit war es, als ich einst in der Zitadelle die Wache bezog. Erst vor kurzem mit einem Regimente in Prag eingerückt und mit der Örtlichkeit nicht vertraut, betrat ich, neugierig und befangen zugleich, an der Spitze meiner Abteilung die weite schattige Torhalle, wo die Mannschaft der alten Wache bereits unter Gewehr stand. Ihr Kommandant, ein mir unbekannter Offizier von junkerhaftem Aussehen, kam, als die Förmlichkeiten der dienstlichen Begrüßung abgetan waren, nachlässig auf mich zugeschritten. »Oberleutnant Baron Hohenblum«, sagte er, den Schirm seines Tschakos flüchtig berührend. Er schien meinen Namen, den ich nun auch nannte, zu überhören und fuhr mit leichtem Gähnen fort: »Die vierundzwanzig Stunden werden einem rein zur Ewigkeit in dieser alten, unnützen Kanonenbewahranstalt. Es kann keine langweiligere Wache mehr geben.«

Ich warf hin, daß man eben auf keiner besondere Unterhaltung fände.

»Je nun, nach Umständen«, erwiderte er, indem er den feinen blonden Schnurrbart emporstrich. »Zum Beispiel die Hauptwache am Ring ist ganz amüsant. Man setzt sich mit seiner Zigarre vor die Tür und mustert die Vorübergehenden. Es gibt ganz nette Gesichter unter den hiesigen Mädchen. Auch fehlt es nicht an Besuch von Kameraden, und nach der Retraite wird gewöhnlich ein kleines Spiel arrangiert. Hier oben aber ist man von aller Welt abgeschnitten, wie auf einer wüsten Insel. Du hast es übrigens«, setzte er nach kurzem Besinnen hinzu, »doch etwas besser getroffen als ich. Denn morgen ist Sonntag, und da kommen wenigstens Leute in die Messe herauf«

»In die Messe? Ist denn hier eine Kirche?« fragte ich überrascht.

»Allerdings. Etwa tausend Schritte von hier, gegen die Moldau zu«, sagte er, während ich unwillkürlich nach dem Innern des Forts blickte. Aber die Aussicht war durch eine nahe, ziemlich hohe Schanze benommen, hinter welcher nur die Wetterstangen und spitzen Bedachungen der Pulvermagazine hervorragten. »Um sie zu sehen«, fuhr der Baron fort, »müßtest du dort auf die Schanze hinauf. Dazu hast du später Muße genug. Ein kleiner Friedhof ist auch dabei, wo ich mich gleich würde begraben lassen, wenn ich beständig hier oben leben sollte, wie der Pfaff, der ganz allein in einer Art Kloster neben der Kirche wohnt. Ein seltsamer Kauz! Man muß lachen, wenn man ihn mit seinen langen Beinen und der schlenkernden Kutte, beständig ein Buch unter dem Arm, einhersteigen sieht. Dabei schaut er immer ins Blaue und tut, als bemerke er einen gar nicht, wenn man an ihm vorüberkommt.«

»Ein so abgeschiedenes, stilles Leben mag auch seinen eigenen Reiz haben«, sagte ich melancholisch, während wir in das düstere Offizierswachtzimmer traten, wo mich mein Vorgänger mit den üblichen Dienstvorschriften bekannt machte. Dann zog er sich den etwas zerknitterten Uniformrock an den Hüften glatt, schnallte die Feldbinde fester und reichte mir mit kühler Freundlichkeit die Hand zum Abschied. Ich verließ mit ihm das Zimmer und trat, während er flüchtig seine Leute musterte und unter lustigem Trommelschall abmarschierte, in die sonnige Stille hinaus, die über dem Fort lagerte. Als ich die Schanze erstiegen hatte, tat sich hinter den Pulvermagazinen ein freier Wiesengrund meinen Blicken auf. Dort erhob sich, ziemlich zurückgezogen, die Kirche, das blinkende Messingkreuz auf dem Giebel von weißen Tauben umflattert. Den Friedhof konnte ich nicht gewahr werden; er mußte durch das angrenzende Priesterhaus verdeckt sein, das ziemlich düster aus einer schattigen Lindenumpflanzung hervorsah. In einiger Entfernung schräg gegenüber stand ein niedriges Häuschen. Die gelb angestrichenen Türen und Fensterrahmen kennzeichneten es als militärisches Gebäude; im übrigen sah es ganz wie eine kleine Bauernwirtschaft aus. Schiebkarren, Hauen und Schaufeln lehnten in der Nähe einer Zisterne an der Mauer, und rückwärts war, kunstlos umzäunt, ein Gärtchen angelegt, in welchem rot und weiß die Apfelblüten schimmerten. Zwischen diesem Häuschen und der Kirche schlängelte sich ein breiter Fußpfad hin. Er schien zu den äußersten Werken des Forts zu führen, über welchen, verhüllend, tiefgelber Sonnenduft lag.

Ich verließ die Schanze und ging dem Wiesengrunde zu. Als ich an dem kleinen Hause vorüberkam, stand ein junges Weib in der offenen Tür. Sie hielt ein Kind säugend an der Brust und sah einem kleinen, etwa sechsjährigen Mädchen zu, wie es draußen mit einem munteren Zicklein spielte, dessen Sprünge eine scharrende Hühnerfamilie in Angst und Verwirrung setzten. Bei dem Geräusch meiner Schritte blickte sie auf, und eine dunkle Röte schoß in ihr Antlitz. Dann wandte sie sich rasch und ging hinein, wobei sie mir eine reiche Fülle blonden Haares wies, das ihr in ungekünstelten Flechten weit über den Nacken hinabhing.

Drüben um das Priesterhaus wehte eine melancholische Ruhe. Das Tor mit dem geistlichen Wappen darüber war zu, und man hätte das ziemlich weitläufige Gebäude für gänzlich unbewohnt gehalten, wären nicht einige Fenster im ersten Stockwerk offen und mit Blumentöpfen bestellt gewesen.

Als ich um die Kirche bog, die gleichfalls geschlossen war, hatte ich den Friedhof voll schattender Weiden und Lebensbäume zur Seite. Die Hügel waren dicht gereiht, aber sorglich gehalten und auf das schönste bepflanzt. Da die Tür des Eisengitters halb offenstand, so trat ich in die duftige Kühle hinein und schritt langsam auf dem schmalen, mit feinem Sande bestreuten Wege zwischen den Gräbern hin. Ein einsamer Falter flatterte mir still über den Blumen voran, während ich hier und dort die Inschriften und Namen auf den schlichten Kreuzen las. Unter den Monumenten, deren es hier nur wenige gab, zog mich eines durch edle und ergreifende Einfachheit besonders an. Es war ein kleiner Obelisk aus weißem Marmor und stand, etwas abseits von den übrigen, unter einer breitästigen Tränenweide. Die Inschrift war in römischen Lettern, deren Vergoldung schon etwas gelitten hatte, eingehauen und lautete:

Friederike Friedheim, geb. 16ten Januar 1829, gest. 30ten Mai 1846. Vor diesem Grabe stand ich lange. Wer war dieses Mädchen, das der Tod so früh gebrochen, das man vor mehr als einem Jahrzehnt hier bestattet hatte? Lebte ihr Andenken fort im Herzen trauernder Eltern, im Geiste eines Mannes, dessen Jünglingsideal sie gewesen? Oder war sie verweht wie ein Duft, ein Klang im Gewühl und im Lärm des rastlos vorwärts drängenden Lebens, und nannte nurmehr der Marmor ihren Namen?

Solche Gedanken und Empfindungen zitterten noch in mir nach, als ich schon wieder draußen auf dem Pfade hinschritt und mich einer Bastei näherte, die als äußerster Punkt des Forts in einem stumpfen Winkel gegen den Fluß zu aussprang. Still und verlassen lag sie da, fast ganz von Schleh- und Hagedorn überwuchert. Ein verfallenes Blockhaus erhob sich darin, an dessen rötlichgrauem Mauerwerk einige hohe Fliederbüsche in voller Blüte standen, was sich ebenso lieblich wie überraschend ausnahm. Selbst zwei verkrüppelte Obstbäume hatten sich in dieses entlegene Werk verirrt. Sie wurzelten dicht an der Brustwehr und streckten ihre knorrigen Äste über eine Kanone, die wie vergessen zwischen ihnen stand und die Mündung harmlos in die sonnige Gegend hinausrichtete. Tief unten, an den freundlichen Häusern von Podol und an den bröckelnden Mauerresten der Libussaburg vorüber, zog die Moldau schimmernd nach dem braunen, rauchaufwirbelnden Häusermeere der alten böhmischen Königsstadt. Von dort her grüßte mit funkelnden Zinnen der Hradschin, während stromaufwärts, über die ansteigenden, wohlbebauten Ufer hinweg, sich eine weite Landschaft auftat und endlich in dem fernen Dufte der Königsaaler Berge verschwamm.

Ich war von dieser reizenden Einsamkeit zu sehr angemutet, als daß ich so bald daran gedacht hätte, sie wieder zu verlassen; ich sah mich vielmehr nach einer schattigen Stelle um, wo ich mich, bequem hingestreckt, ganz in den eigentümlichen Zauber des Ortes und der Fernsicht versenken konnte. Eine solche bot sich mir alsbald in der Nähe des Blockhauses dar, wo sich die Zweige zweier nachbarlicher Fliederbüsche zu einer Art Laube wölbten. Auch kam mir dort, als ich mich niederließ, eine muldenförmige Vertiefung im Erdreiche, welches mit kurzem, aber dichtem Grase bewachsen war, vortrefflich zustatten. So lag ich in der stillen Kühle, sog den Duft des Flieders ein und lauschte dem Zwitschern eines Vogels über meinem Haupte, als ich plötzlich in einiger Entfernung hinter mir nahende Schritte vernahm, und bald ging eine hohe Gestalt in geistlicher Ordenstracht, ohne mich zu bemerken, an mir vorüber. Es mußte, wie mein Vorgänger gesagt hatte, der Pfaffe sein, der neben der Kirche wohnte. Das waren ja die langen Beine und die schlenkernde Soutane, welche dem Baron so lächerlich erschienen; selbst das Buch unter dem Arme fehlte nicht.

Der Priester war an die Brustwehr getreten. Dort nahm er es sein schwarzes Samtkäppchen ab; man wußte nicht, tat er es aus Andacht vor der Natur, in die er hinausblickte, oder um sein Haupt der Luft preiszugeben, die über die Bastei strich und mit seinen leicht ergrauten Haaren spielte.

Nach einer Weile wandte er sich und schlug die Richtung gegen das Blockhaus ein. Er schien mich noch immer nicht zu bemerken, obgleich er gerade auf die Stelle losging, wo ich lag. Ich erinnerte mich unwillkürlich an die Äußerung des Barons, daß der Priester beständig ins Blaue sähe, obgleich er gegenwärtig mehr in sich hineinzublicken schien. Endlich gewahrte er mich. Er schrak leicht zusammen, und eine feine Röte flog über sein schmales, blasses Gesicht. Aber diese Verwirrung dauerte nur einen Augenblick. Gleichgültig, ohne mich nur mit einem Blicke zu streifen, ging er an mir vorüber, brach sich ein Zweiglein von dem Flieder und verließ, still wie er gekommen, die Bastei.

Mich aber überkam jetzt eine eigentümliche Unruhe. Es war mir, als hätte ich den Priester durch meine Anwesenheit von hier vertrieben. Er pflegte gewiß täglich um diese Zeit einige Stunden lesend in der Fliederlaube zuzubringen; deshalb war er auch so unbekümmert und in sich versunken darauf zugegangen. Und nun nahm ich den traulichen Platz ein, der ihm schon aus Gewohnheit lieb sein mußte. Mit einem Male erschien mir auch alles Bequeme daran, das ich früher für ein Zusammentreffen günstiger Umstände gehalten hatte, als ein Werk anordnender Absichtlichkeit. Die Laube, das sah man, war durch Beschneiden der Zweige hergestellt, und der Rasensitz wäre ohne Nachhilfe eines Spatens gewiß nicht zustande gekommen. Rasch sprang ich auf. Der Pater konnte noch nicht weit sein; ich wollte ihn einholen, auf daß er sähe, er könne ungestört wieder nach der Bastei zurückkehren. Bald gewahrte ich ihn auch in einiger Entfernung von mir auf dem Pfade hinschreiten. Ich fürchtete, er würde, eh' er mich noch bemerken konnte, sein Haus erreichen, und verdoppelte meine Schritte. Da kam von drüben das kleine Mädchen mit freudigen Gebärden auf ihn zugelaufen. Er ging dem Kinde entgegen, beugte sich zu ihm nieder und küßte es auf die Stirn. Hierauf ließ er sich von der Kleinen zur Mutter führen, die ihm von der Schwelle aus entgegenkam. Ihr folgte ein Mann, der eben noch im Gärtchen mußte gearbeitet haben, denn er hatte eine Haue in der Hand, auf welche er sich, wie es schien, mehr aus Bedürfnis als aus Bequemlichkeit, im Gehen stützte. Drei weiße Tuchsternchen auf den roten Kragenvorstößen einer leinenen, über der Brust offenen Militärjacke ließen in ihm den Zeugwart erkennen, mit welcher Eigenschaft seine noch jugendlich kräftige Gestalt einigermaßen im Widerspruche stand. Als ich näher kam, gewahrte ich in seinem Antlitz eine tiefe Narbe, die von einem Säbelhiebe herrühren mochte und sich von der Schläfe bis zum Kinn erstreckte.

Der Pater sprach freundlich mit den Leuten und reichte dem Jüngsten auf dem Arme der Mutter, da es mit den kleinen Händchen begehrlich danach langte, die duftige Fliederblüte. Er wandte sich nicht um, als ich vorüberging und der Zeugwart, militärisch grüßend, die Hand an die Mütze brachte.

Es kostete mich einige Überwindung, wieder in das unerquickliche Wachzimmer zurückzukehren. Dort ließ ich mich auf das alte, harte Ledersofa nieder und nahm ein Buch zur Hand. Aber meine Gedanken wollten nicht an den Zeilen haften; denn die Eindrücke, die ich auf meiner kleinen Wanderung empfangen, wirkten zu mächtig in mir nach. Vor allem war es das Wesen des Paters, das mich mit tiefer, geheimnisvoller Macht anzog. Wie glücklich erschien mir sein stilles Dasein auf diesem wallumschlossenen Fleck Erde. Abgeschieden von dem Treiben der Welt, konnte er hier ganz sich selbst angehören und war nur den milden Pflichten seines Standes untertänig, die ihm nichts auferlegten, was er nicht gerne erfüllte, die ihm nichts verwehrten, was er, das sah man ihm an, nicht freudig entbehrte. Und die Menschen in dem kleinen Hause! Welch ein reizendes Gegenbild boten sie dar in ihrem heiteren Familienglücke! Dann aber dachte ich wieder an den weißen Obelisk auf dem Friedhof und murmelte unwillkürlich den Namen der Toten vor mich hin.

Über solchem Denken und Sinnen war der Abend hereingebrochen. Bald erklang draußen der Zapfenstreich, und die wuchtigen Festungstore fielen mit dumpfem Gepolter ins Schloß. Ich aber ging noch einmal auf die Schanze hinaus. Dort stand ich, während die Sterne auf den tiefen Frieden niederfunkelten, der sich über das Fort breitete, und hier und dort, bald näher, bald entfernter, in den dunklen Büschen eine Nachtigall schlug. –

Es war noch ziemlich früh am andern Vormittage, als schon eine Schar Landleute im Sonntagsstaat durch das südliche Tor der Zitadelle gegen die Kirche strömte. Nach und nach erschienen Andächtige aus den nächsten Stadtteilen; meist gesetzte Männer und Frauen, in reinlicher, altbürgerlicher Kleidung. Aber auch schmucke Mädchengestalten waren darunter, deren rosige Gesichter in der heitersten Feiertagsstimmung erglänzten. So bewegte sich, während von der Kirche aus schon versprengte Orgeltöne durch die Luft irrten, eine bunte Menge in den Räumen des Forts, was ihm einen fremdartigen, feierlichen Anstrich gab.

Das Verlangen, den Pater in der Ausübung seines Amtes wiederzusehen, trieb mich auch der Kirche zu. Als ich eintrat, verstummte eben die Orgel, die einen Choral begleitet hatte. Alle Anwesenden wandten jetzt ihre Blicke nach der Kanzel, wo der Prediger erscheinen sollte. Ich betrachtete unterdessen den Bau und seine freundliche Ausschmückung, die sich durch geschmackvolle Einfachheit wohltuend von dem üblichen schwerfälligen Prunk und Aufputz unterschied. Als ich wieder nach der Kanzel sah, stand der Priester schon oben. Sein Auge begegnete dem meinen und blieb eine Zeitlang auf mir ruhen, so daß ich fast errötend den Blick senkte. Jetzt schlug er das Buch auf, das er in der Hand hatte, und begann das Evangelium zu lesen. Bei den ersten Worten, die ich vernahm, war ich enttäuscht; er las in tschechischer Sprache. Ich hatte ganz vergessen, daß ich mich in Prag befand, und den vertrauten Klang der Muttersprache von ihm zu hören erwartet. Bald aber versöhnte mich der Wohllaut seiner Stimme mit dem fremden Idiom, so daß ich seinem Vortrage, obgleich ich nichts davon verstand, mit regem Interesse folgte. Er begann, als er zur Predigt selbst überging, ruhig und ganz ohne alles Pathos, das die meisten Prediger so unleidlich macht; es war, als spräche er in vernünftig belehrendem Tone zu Kindern. Nach und nach wurde er wärmer. Ohne daß er dabei nach Schauspielerart mit den Händen in der Luft gefochten hätte, schwoll seine Stimme zu einer mächtigen Fülle an und ging endlich, während er sich liebreich zu den Hörern hinabneigte, in den tiefen, zitternden Ton einer wehmütigen Klage über. Es mußten erschütternde Worte gewesen sein, denn ich sah in mehr als einem Auge Tränen, und als er jetzt schwieg, schimmerte auch seines in feuchtem Glanze. Ich selbst war bewegt, wie von den Klängen einer rätselhaften Musik. Nach dem üblichen kurzen Gebete verließ er die Kanzel. Die Orgel ertönte wieder, und kurz darauf trat er im Meßgewande an den Hochaltar, wo schon früher ein alter, weißhaariger Kirchendiener die Lichter angezündet hatte. Nach beendetem Gottesdienste strömten die Andächtigen aus der Kirche, und bald herrschte im Fort wieder die gewohnte Einsamkeit und Stille.

Als ich später abgelöst wurde und mich wieder den menschenvollen Gassen der Hauptstadt näherte, war es mir, als kehrte ich aus einem reineren Elemente zu dem ganzen beengenden Qualm und Dunst der Erde zurück.

Einige Zeit darauf ersuchte mich ein befreundeter Offizier, für ihn die Wache auf dem Wyschehrad zu beziehen. Er wollte ein Fest, zu dem er geladen war, nicht gerne versäumen und versprach, den Dienst in meiner Tour nachzutragen. Ich enthob ihn dieser Verpflichtung und sagte zu.

Es heimelte mich wohltuend an, als ich mich wieder innerhalb der Wälle befand. Während der ersten schwülen Nachmittagsstunden verblieb ich im Wachtzimmer; dann aber nahm ich ein Buch und ging ins Freie. Die heißen Strahlen der Julisonne hatten das schwellende Grün der Schanzen schon etwas ausgetrocknet, und der würzige Geruch des Thymians, der überall in dichten Büscheln wucherte, schwamm in der Luft. Ohne es eigentlich zu wollen, schritt ich der Bastei zu. Etwas in meinem Innern sagte mir, ich würde jetzt den Pater dort treffen, und der Wunsch, mit diesem eigentümlichen Manne bekannt zu werden, überwand in mir nach und nach die Bedenklichkeit, ihm durch mein Erscheinen eine unwillkommene Störung zu bereiten. Ich nahm mir sogar vor, ihn zu grüßen, eine Höflichkeitsbezeigung, die, seinem Stande gegenüber, eben nichts Befremdendes oder Auffallendes haben konnte. Vielleicht erwiderte er meinen Gruß mit einigen freundlichen Worten, und der erste Schritt zur gegenseitigen Annäherung war getan.

Mein Herz schlug erwartungsvoll, als ich die Bastei betrat. Ich hatte mich nicht getäuscht: Dort lag er, in ein Buch vertieft, unter den abgeblühten Fliederbüschen. Nun aber überkam mich eine Art Blödigkeit, jener eines Verliebten nicht unähnlich, der, mit dem festen Vorsatze, sich heute oder nie mehr zu erklären, scheu und verwirrt an dem Gegenstande seiner Sehnsucht vorüberschleicht. Ich trat unwillkürlich so leise auf, daß mich der Priester gar nicht hören konnte, und als er jetzt doch aufsah und mich, wie es schien, mit wohlwollender Überraschung betrachtete, hatte ich schon den rechten Moment, ihn zu grüßen, versäumt. Ich trat an die Brustwehr, um meine Verlegenheit hinter dem Bewundern der Aussicht zu verbergen. Als ich so dastand, wurde es mir immer klarer, wie wenig es mir ziemen mochte, meine Person dem stillen, in sich abgeschlossenen Manne aufzudrängen, und mit dem beschämenden Gefühle, bald eine Taktlosigkeit begangen zu haben, schickte ich mich wieder zum Fortgehen an. Da hörte ich mich plötzlich von dem Pater im reinsten, nur etwas hart klingenden Deutsch angesprochen. »Herr Offizier,« sagte er, indem er aufstand, »beliebt es Ihnen nicht, den Platz hier im Schatten einzunehmen? Die Sonne verweilt bis zum Untergange über diesem Teil des Forts; Sie würden nirgends eine Stelle finden, die Ihnen, gleich dieser, den behaglichen Genuß der Aussicht auf die Dauer gestattet.«

»Sie sind sehr gütig, geistlicher Herr,« erwiderte ich, noch immer befangen, »daß Sie meinetwegen auf diesen Genuß verzichten wollen.«

»Er steht mir ja jederzeit zu Gebote. Ein um so größeres Vergnügen muß es für mich sein, jemandem, der sich, wie ich schon unlängst zu bemerken Gelegenheit hatte, in dieser Einsamkeit wohl fühlt, mein gewöhnliches Leseplätzchen überlassen zu können.«

»Von welchem ich Sie schon damals, freilich, ohne es zu wollen, vertrieben habe«, sagte ich, sehr erfreut, daß er sich meiner erinnerte.

»Oder ich Sie«, entgegnete er lächelnd. »Sie sind ja gleich nach mir weggegangen.«

»Um Ihnen zu zeigen, daß ich meinen Mißgriff eingesehen.«

»Ich weiß es; und Sie haben mir Ihres Zartgefühles wegen herzlich leid getan. Aber ich denke, wir sollten uns nicht länger mit der Erörterung mühen, wer von uns beiden eigentlich den andern aus dieser Laube vertrieben, sondern uns vielmehr einträchtig in der unschuldigen Urheberin unseres kleinen freundschaftlichen Streites niederlassen, die wohl Raum genug dazu bietet. Zwei Lesende«, setzte er mit einem Blicke auf das Buch unter meinem Arme hinzu, »vertragen sich ja leicht und stören einander nicht.« Mit einer Handbewegung, die mich zu folgen einlud, lagerte er sich wieder in den Schatten und nahm sein Buch vor. Ich tat ein Gleiches; aber mein Blick schweifte beständig über die Seiten nach meinem Nachbar hinüber, in dessen Gesichtsbildung etwas wunderbar Anziehendes lag. Die Stirn war gerade nicht hoch zu nennen, trat jedoch frei und schön gewölbt aus den Haaren hervor. Um den etwas großen, leicht eingekniffenen Mund lag ein feiner Schmerzenszug, der eigentümlich von der milden Heiterkeit der graublauen Augen abstach. Mit Ausnahme einer tiefen Furche zwischen den Brauen war noch keine Falte in diesem edlen Antlitze zu sehen, das den Pater bei näherer Betrachtung jünger erscheinen ließ, als man sonst denken mochte. Er konnte das vierzigste Lebensjahr noch nicht lange überschritten haben.

Es war, als ob auch sein Auge von einem gleichen Beobachtungsdrange gelenkt würde; denn plötzlich begegneten sich unsere Blicke. »Wir stören uns doch«, sagte er mit einem flüchtigen Lächeln. »Es ist aber auch unverantwortlich, daß wir uns an das gedruckte Wort halten und das lebendige, das uns doch eigentlich zunächst geboten ist, verschmähen.« Dabei klappte er sein Buch zu und legte es neben sich hin. Mein Blick streifte den Titel auf dem Umschlage; es war eine zu jener Zeit vielerwähnte materialistische Schrift.

Er mußte in meinen Zügen ein gewisses Befremden darüber wahrnehmen, denn er fragte: »Kennen Sie dieses Buch?«

Ich bejahte es.

»Und Sie scheinen sich zu wundern, daß ich es lese«, fuhr er fort. »Es mag sich allerdings etwas seltsam bei mir ausnehmen; man müßte denn voraussetzen, daß ich es mit dem empörten Feuereifer eines Inquisitors durchstöbere. Ich gestehe, dies ist nicht der Fall. Ich bin vielmehr dieser Schrift bis jetzt mit vielem Vergnügen gefolgt; denn ich interessiere mich für jede wissenschaftliche Leistung, weicht sie auch noch so sehr von meinen eigenen Ansichten und Überzeugungen ab. Ich habe seit jeher dem Satze gehuldigt: Prüfe alles und behalte von jedem das Beste.«

»Und hiezu,« sagte ich, von dem warmen und dabei schlichten Ton seiner Worte hingerissen, »hiezu ist auch die glückliche Einsamkeit, in der Sie leben, wie geschaffen. Hier ist es Ihnen vergönnt, in erhabener Ruhe an alles, was im Lärm des Tages hervorgebracht wird und daher fast ohne Ausnahme mehr oder minder von Parteileidenschaften gefärbt und verfälscht ist, den Prüfstein des reinen Erkennens zu legen und so recht eigentlich die Spreu vom Weizen zu sondern.«

Er sah mich etwas überrascht an. »Nun, dieser Vorzug erscheint mir denn doch kein so besonderer und wünschenswerter. Er ist das gewöhnliche Attribut müßiger Beschaulichkeit.«

»Deren Sie sich doch nicht selbst anklagen werden?« rief ich aus.

»Muß es denn nicht jeder, dessen Leben ohne bestimmtes, in irgendeiner Richtung förderliches Wirken oder Hervorbringen verläuft?« fragte er ruhig.

»Wirken Sie denn nicht, indem Sie die Pflichten Ihres Amtes erfüllen?«

»Ich bin nichts als eine Art Guardian unserer Kirche auf dem Wyschehrad, und meines Amtes ist, jeden Sonntag eine Messe zu lesen – und dann und wann einen Toten zu begraben.«

»Und Betrübte aufzurichten, Verirrte zu ermahnen und Schuldige zu bessern«, setzte ich hinzu.

»Ich wollte, daß ich es könnte«, sagte er still vor sich hin.

»Sie haben keinen Grund, daran zu zweifeln«, versetzte ich warm. »Ich habe letzthin nur zu gut wahrgenommen, wie sehr Ihre Predigten die Zuhörer ergreifen.«

»Auf wie lange? Die Luft vor der Kirche bläst wieder alles weg. Und so kommt jeder am nächsten Sonntage ganz als derselbe herauf, der er vor acht Tagen gewesen. Es ist dies auch natürlich, denn was sollen Worte dort ausrichten, wo nur ein tätiges, liebevolles Eingreifen in die Verhältnisse des einzelnen Hilfe und somit Trost bringen könnte. Ich habe, solange ich Priester bin, bloß ein einziges Mal jemand durch meine Worte wahrhaft getröstet, und auch das nur, weil ein eigentümlicher Zufall dabei im Spiele war. Und dann,« setzte er rasch, wie um eine Erinnerung zu verdrängen, hinzu, »was vermögen leere Ermahnungen gegen den nun einmal in jeder Menschenbrust wurzelnden Hang zum Bösen! Man sollte dem Verirrten den Weg zum Guten nicht bloß weisen, sondern ihn auch darauf hinführen und ein ziemliches Stück weit begleiten können. Dies wäre der eigentliche Zweck, die wahre Aufgabe des Priesters. Wie soll er aber dieser Aufgabe gerecht werden in einer Zeit, wo die Religion fast ganz zu einer politischen Formel herabgesunken ist, wo ihre Vertreter in hartnäckiger Abgeschlossenheit einen Staat im Staate bilden. Einen wahrhaft segensreichen Wirkungskreis kann der Priester nur unter patriarchalischen Zuständen gewinnen. So kommt es, daß noch hier und dort auf dem Lande sich der Pfarrer einer kleinen Gemeinde mit gerechtem Stolze einen Seelenhirten nennen kann. Die Verhältnisse der Gemeindemitglieder liegen offen vor ihm da; er hat es nicht erst nötig, auf eine zweideutige Art in sie eindringen zu müssen. Er ist in der Lage, nach und nach jeden einzelnen mit seinen Vorzügen und Fehlern kennenzulernen. Wie leicht wird es da einem einsichtsvollen, von wahrer Menschenliebe beseelten Manne – einem anderen würde freilich eben dadurch Gelegenheit geboten, Unheil zu stiften –, durch milde Werktätigkeit und durch die Macht des Beispieles tröstend, helfend, belehrend und anregend aufzutreten und so das Wort Gottes nicht bloß zu predigen, sondern auch vorzuleben. Mir fällt bei dieser Gelegenheit der ehemalige Pfarrer meines heimatlichen Dorfes ein. Es war ein Mann von energischem, fast strengem, aber keineswegs bigottem Charakter. Sein Latein reichte nicht weit, auch hatte er nur wenig in den Kirchenvätern gelesen: aber er hielt oft über einem Glase Wein den Bauern in der Schenke eindringlichere Reden, als vielleicht jemals auf einer Kanzel gesprochen wurden. Rechtshändel und Streitigkeiten ließ er selten vor die Gerichte kommen, sondern schlichtete das meiste selbst auf eine verständige und gütige Art. Sein Stück Feld bebaute er mit eigenen Händen und war immer der erste bei der Arbeit; denn er wußte, daß die Menschen eine Ermahnung dazu nicht gerne von einem annehmen, der selbst müßig geht. Oft erschien er unvermutet in der Schule, unterbrach den Vortrag des Lehrers und stellte einige Fragen an die Kinder. War er mit dem Examen zufrieden, so holte er Äpfel und Nüsse aus der Tasche seiner groben, abgenützten Soutane hervor, beschenkte die Kleinen damit und ließ sie vor der Zeit auf den Spielplatz hinaus. Dort sah er ihnen eine Weile zu und erhöhte den Jubel noch manchmal dadurch, daß er sich selbst anordnend und belebend ins Spiel mischte. So war er bei alt und jung beliebt, ein wahrer Vater seiner Gemeinde, die ihn nicht als einen Heiligen über ihr, sondern als den besten und weisesten Menschen in ihrer Mitte verehrte. – Wie ganz anders, wie vereinsamt nimmt sich dagegen der Priester in größeren Städten aus. Von den wahrhaft Gebildeten ob seiner falschen Stellung bemitleidet, von den sogenannten Aufgeklärten als Heuchler verschrien und an seinen menschlichen Schwächen und Fehlern schonungslos kontrolliert, erscheint er der Mehrzahl der Bevölkerung nur als der zufällige Träger eines gedankenlos überkommenen und ausgeübten Kultus.«

Ich glaubte zu träumen. Diese Worte klangen so außerordentlich, so überraschend aus dem Munde eines katholischen Priesters, waren in einem so ruhigen Tone tiefer, im Innersten wurzelnder Überzeugung gesprochen, daß ich in schweigende Bewunderung versank. So trat eine Pause ein, während welcher wir beide nach der Sonne blickten, die uns gegenüber, in einem Meere von Glanz schwimmend, langsam hinter den Höhen hinabtauchte.

»Ich denke, wir gehen, eh' es völlig Nacht wird«, sagte endlich der Pater. Wir erhoben uns und schritten still nebeneinander hin. Als wir uns der Kirche näherten, suchten meine Augen unwillkürlich den weißen Obelisk im Dämmerdunkel des Friedhofes. Dabei erwähnte ich des tiefen Eindruckes, den dieser Grabstein letzthin in mir hervorgebracht.

Etwas wie der Schatten einer Erinnerung legte sich über das Antlitz meines Begleiters; und als ich fragte, ob er mir vielleicht Näheres über die Tote mitteilen könnte, sagte er, indem er gedankenvoll vor sich hinsah: »Sie war das einzige Kind eines reichen Großhändlers und die erste Leiche, die ich hier oben bestattete.«

Wir waren mittlerweile vor dem Pfarrhause angelangt. Drüben saß der Zeugwart zwischen Weib und Kind vor der Tür und rauchte seine Abendpfeife.

»Ich bin daheim«, sagte der Pater. »Wenn es Ihnen gefällt, bei mir einzutreten, so sind Sie herzlich willkommen.« Da ich mich verbindlich verneigte, öffnete er das Tor und führte mich über den einsamen Flur eine breite, dunkelnde Treppe hinan. Oben schloß er eine von den Türen auf, die in einer Reihe den Korridor hinliefen, und ließ mich in ein ziemlich weitläufiges Gemach treten.

»Nehmen Sie indessen nur hier Platz«, sagte er und wies auf ein bequemes Sofa. »Ich werde sogleich Licht machen.«

Während er an einer großen Kugellampe hantierte, sah ich im dämmerigen Raume umher. Die Wände waren zum Teil von oben bis unten durch dichtbestellte Bücherrepositorien verdeckt; dazwischen erhoben sich hohe Glasschränke, welche naturwissenschaftliche Sammlungen zu enthalten schienen. Auf einem geräumigen Tische in der Nähe der Fenster standen und lagen chemische und physikalische Instrumente umher; ein zweiter Tisch war ganz mit

Papieren und Schriften bedeckt. Trotzdem wehte mir von allen Seiten wohnliches Behagen entgegen und gab sich, als jetzt das milde Lampenlicht das weite Gemach durchflutete, immer deutlicher kund. Die Fenstergardinen, hinter welchen das dunkle Grün tropischer Gewächse hervorlugte, waren von tadelloser Frische, und an den Büchereinbänden sowie auf dem krausgeformten und wunderlich blinkenden Gläserwerk war kein Stäubchen zu sehen. An der rückwärtigen Wand gewahrte ich ein großes, wohlgebautes Harmonium; eine Kopie der Sixtinischen Madonna, in Kupfer gestochen, hing, schlicht eingerahmt, darüber.

Der Pater versah die Lampe mit einem Schirm, stellte sie auf den Tisch vor dem Sofa und ließ sich neben mir nieder. »Es ist eigentümlich,« begann er, »wie sich Menschen, die unter ganz verschiedenartigen Verhältnissen leben, manchmal rasch und unvermutet zusammenfinden. Wie hätt' ich mir's jemals träumen lassen, einen jungen Offizier in meiner Behausung zu empfangen.«

»Auch ich hatte nicht gehofft, als ich das erstemal an diesen Mauem vorüberging, daß ich mir so bald das Wohlwollen des Mannes erwerben würde, der hier seine Tage, wie ich jetzt sehe, in nichts weniger als müßiger Beschaulichkeit verbringt.«

»Also in müßiger Tätigkeit, wenn Sie schon nicht anders wollen«, sagte er lächelnd. »Ich treibe zu meinem Vergnügen etwas Naturwissenschaften, das ist das Ganze.«

»Je nun,« erwiderte ich, »wer weiß, ob Ihre Studien nicht einem ernsteren Antriebe entspringen, als Sie selbst gestehen wollen. In den Heften und Konvoluten dort«, fuhr ich mit einem Blicke nach dem Schreibtische fort, »scheint bereits manches Ergebnis einer tieferen Forschung niedergelegt zu sein.«

»Es sind bloße Exzerpte«, sagte er hastig, indem er leicht errötete. »Aufzeichnungen, wichtig für mich, unbedeutend für andere. Ich fühle mich nicht berufen, die Wissenschaft durch Entdeckungen zu bereichern oder auch nur die Zahl der schwebenden Hypothesen durch Aufstellung einer neuen zu vermehren. Ich bin, wie gesagt, ein bloßer Dilettant. Ich nehme Pflanzen in meine Herbarien auf, nach denen sich ein anderer schwerlich mehr bücken möchte, und ergötze mich an Experimenten, die jeder Quartaner als längst abgetanen Schulkram verächtlich belächeln würde. Die mikroskopische

Untersuchung des Wassers, das einer ins Glas gestellten harmlosen Blume einen Tag lang das Leben gefristet, erfüllt mich mit derselben Forscherfreudigkeit und wissenschaftlichen Überraschung, mit welcher irgendein berühmter Mann die Infusorienwelt des Stillen Ozeans ergründet; und wenn ich zuweilen, mit Hammer und Botanisierkapsel ausgerüstet, einen Ausflug längs der Flußufer oder nach den umliegenden Höhen unternehme, so ist nur dabei zumute, wie es Humboldt gewesen sein mußte, als er das Gebiet des Orinoco durchstreifte und die Kordilleren bestieg. Und so wird mir das Stückchen Natur um mich her zum Teiche Bethesda, in dem ich die Seele bade und erfrische, um sie vor den Einflüssen der Langeweile zu schützen, die sonst unfehlbar mein Leben beschleichen müßte.«

»Was um so weniger der Fall sein wird, als Sie, wie ich sehe, noch ein zweites Gegenmittel in Bereitschaft haben.«

»Ja,« sagte er, »mein Harmonium.«

Ich hatte dieses Instrument noch nie spielen hören, und bemerkte das dem Priester.

»Ich selbst besitze es noch nicht lange« erwiderte er, indem er den Schirm auf der einen Seite emporschob, so daß der volle Lichtstrom gegen die Wand fiel. »Ich pflegte früher die Orgel zu spielen. Da ich aber dazu immer erst in die Kirche gehen und die Hilfe eines Zweiten in Anspruch nehmen mußte, so schaffte ich mir endlich dieses Instrument an, das in Hinsicht auf Konstruktion und Klang der Orgel am nächsten kommt und dabei eine größere Bequemlichkeit gestattet.«

Ich hatte inzwischen unverwandt nach dem Bilde gesehen, dessen ewig neuen Zauber ich hier wieder auf das tiefste empfand. Und je länger ich das Antlitz der Gottesmutter betrachtete, die mit ihren großen, unergründlichen Augen wie verwundert auf den Faustischen Apparat im Zimmer zu blicken schien, je mehr fiel mir die Ähnlichkeit desselben mit dem einer Person auf, deren ich mich aber, wie dies oft der Fall zu sein pflegt, nicht gleich entsinnen konnte.

Der Priester war aufgestanden, hatte sich an das Harmonium gesetzt und legte die Spitzen seiner langen weißen Finger auf die Tasten. »Nicht wahr, ein wunderbares Bild?« sagte er. »Man kann sich nicht satt schauen daran. Das kommt aber daher, weil man seine eigentliche Schönheit mit den Blicken gleichsam erst aus der Tiefe an die Oberfläche saugen muß. Beim ersten Hinsehen erscheint es fast leer und läßt kalt. Solchen, die kein geistiges Auge besitzen, wird es niemals ein rechtes Wohlgefallen abgewinnen. Ich möchte das Original vor mir haben können.«

»Der Ausdruck im Gesichte der Madonna ist ganz einzig«, erwiderte ich nachdenklich. »Und doch findet man zuweilen Köpfe, besonders bei Frauen im Volke, die mehr oder minder jenen kindlich erhabenen und, wenn ich so sagen darf, rührend unfertigen Zug aufweisen, der uns hier so sehr entzückt. So ist es mir, als hätte ich erst unlängst ein derartiges Gesicht gesehen; ich weiß nur nicht wo.«

»Ich weiß es«, sagte er. »Hier in der Zitadelle.«

Nun war ich darauf gebracht. »Richtig!« rief ich aus. »An das junge Weib Ihnen gegenüber hat mich das Bild gemahnt.«

»Es freut mich, durch Sie meine eigene Ansicht bestätigt zu finden, die vielleicht eine rein subjektive hätte sein können. Denn im Grunde genommen sind die Züge doch ganz verschieden, und die Ähnlichkeit liegt wohl nur in dem eigentümlichen Schnitt und Blick der Augen. Beweis dessen, daß der Zeugwart, als ich ihn einmal vor das Bild führte, anfangs auch nicht die geringste Ähnlichkeit mit seinem Weibe finden wollte, und erst nach und nach, und das nur, wie es mir schien, mehr aus pflichtschuldiger Höflichkeit als aus Überzeugung, mit einstimmte.«

Er hatte schon während dieser letzten Worte zu spielen begonnen. Es waren zuerst leise Töne, die er anschlug; aber immer voller, immer mächtiger rauschten sie unter seinen Händen auf. Er schien kein bestimmtes Musikstück vorzutragen, sondern ganz einer inneren Eingebung zu folgen. Sein Haupt war leicht zurückgebogen, der Blick halb durch die gesenkte Wimper verschleiert; auf seiner blassen Stirn lag der Reflex des Lampenlichtes wie ein Glorienschein.

In tiefes Lauschen versunken, saß ich da. Von draußen drang der Duft der Lindenblüten ins Gemach herein und quoll mit den feierlichen Schwingungen der Töne zusammen.

Als jetzt der Pater mit einer lang nachhallenden Kadenz schloß, machte ich meinen Gefühlen in den Worten Luft: »Wahrlich, Sie sind beneidenswert! Welch ein herrliches, reiches Dasein führen Sie in Ihrer Abgeschiedenheit. Gestehen Sie,« fuhr ich, mich erhebend, fort, »daß Sie glücklich sind, so glücklich, als nur irgendeine begnügte Menschenseele sein kann!«

»Ja,« sagte er, indem er gleichfalls aufstand und mich mit leuchtenden Augen ansah, »ich *bin* glücklich. Aber auch ich war es nicht jederzeit. Denn das Kleid, das ich trage, ist kein dreifaches Erz und wappnet die Brust nicht immer gegen die Gewalten des Lebens. Wenn wir, wie ich hoffe, näher miteinander bekannt werden,« setzte er hinzu, da er sah, daß ich mich zum Fortgehen anschickte, »so will ich Ihnen einmal bei Gelegenheit etwas aus früheren Tagen erzählen, zum Beweise, daß auch *mein* stilles, unbeachtetes Dasein nicht ganz ohne Prüfungen, ohne Kampf und Qual gewesen.« Er geleitete mich zum Tor hinab. »Leben Sie wohl,« sagte er, »auf Wiedersehen!«

So entspann sich zwischen mir und dem Pater eine jener Freundschaften, wie sie zuweilen unter Männern von ungleichem Alter vorkommen und welche dann mit zu den edelsten Verhältnissen gehören, in denen ein Mensch zum andern stehen kann. In gewöhnlichen Lebensbeziehungen durch die Verschiedenheit des Standes auseinandergehalten, wurden wir desto fester durch das geistige Interesse, das wir einander fanden, verbunden. Ich besuchte ihn nun wöchentlich in seiner einsamen Stube, wo wir den Nachmittag unter anregenden Gesprächen, noch öfter aber über seinen Büchern und Sammlungen oder am Experimentiertische zubrachten; denn er hatte es unternommen, mich in die Naturwissenschaften, darin er ebenso tiefe als ausgebreitete Kenntnisse besaß, einzuführen. Gegen Abend gingen wir gewöhnlich auf eine Stunde ins Freie und nahmen dann ein bescheidenes Mahl ein, das uns der alte Kirchendiener nebst einem Kruge leichten Landbieres oder eine Flasche Melniker auftrug. Der Pater machte dabei mit geräuschloser Zuvorkommenheit den Wirt; ihm selbst merkte man es beinahe nicht an, daß er aß oder trank, so flüchtig weg, so ganz ohne alles Behagen tat er es. Trotz des vertrauten Umganges wurden persönliche Angelegenheiten oder Verhältnisse zwischen uns fast niemals berührt. Ich wußte von ihm nicht mehr, als daß er einem in der Stadt befindlichen Stifte angehörte, mit seinem Ordensnamen Innocens heiße und der Sohn armer Landleute sei, die schon lange gestorben waren. Er hingegen mochte in mir den Menschen erkennen, der sich in einer ihm wenig zusagenden Lebensstellung befand, aber er vermied es, mich in dieser Hinsicht irgendwie auszuforschen. Auch von dem, was er mir damals zu erzählen versprochen hatte, tat er keine Erwähnung mehr. Vielleicht hatte er seine Zusage vergessen; vielleicht erwartete er, ich würde ihn daran erinnern, was ich jedoch, um nicht zudringlich zu erscheinen, unterließ. Von Zeit zu Zeit traf ich bei ihm mit einem aufgeweckten, wohlgebildeten Jüngling zusammen, in dem man beim ersten Blick einen Bruder des jungen Weibes erkennen mußte. Wie aus seinen Reden hervorging, hatte er erst vor kurzem die ärztlichen Prüfungen abgelegt und stand an einer öffentlichen Heilanstalt in Verwendung. Gegen Innocens legte er eine tiefe und, wie es schien, mit Dankbarkeit verbundene Ehrerbietung an den Tag.

Inzwischen war der Sommer, war der Herbst vergangen und endlich der Winter gekommen, dessen Stürme und Schneegestöber mich nicht abhielten, nach wie vor das Priesterhaus auf dem Wyschehrad aufzusuchen. Aber der wieder erwachende Lenz setzte eine schlimme Zeitung in die Welt: den Krieg mit Piemont. Dieses Ereignis überfiel mich um so unvorbereiteter und gewaltsamer, als ich während der schönen Zeit des Verkehrs mit Innocens die Politik ganz und gar vergessen hatte und mein Regiment die Weisung erhielt, nach Italien abzurücken. Da sich bei ähnlicher Gelegenheit Befehle und Anordnungen überstürzen, so fand ich im Drange einer hastigen und verworrenen Diensttätigkeit kaum noch Zeit, meinen geistlichen Freund von unserer so bald bevorstehenden Trennung persönlich in Kenntnis zu setzen und noch einige Stunden bei ihm zuzubringen.

Als ich mit beklommenem Herzen bei ihm eintrat, betrachtete er eben mit erhabener, geistvollen Naturfreunden eigentümlicher Naivetät ein paar Schneeglöckchen, die er in der Hand hielt. Er stand auf und schwenkte mir, gleichsam im stillen Triumphe, diese ersten Boten des Frühlings entgegen. Als ich ihm aber jetzt die Vorfallenheiten erzählte, da senkte sich seine Hand allmählich, und sein

Mund kniff sich immer tiefer und schmerzlicher ein. »Das ist rasch über uns hereingebrochen«, sprach er tonlos vor sich hin.

Wir blieben uns eine Zeitlang schweigend gegenüber. Endlich sagte er: »Der Nachmittag ist schön. Lassen Sie uns zum letzten Male miteinander einen Gang nach der Stelle tun, wo wir uns kennengelernt.« So verließen wir das Haus und begaben uns langsam und nachdenklich auf die Bastei. Kahl und öde lag noch die Gegend da; aber einige frühblühende Obstbäume standen schon in ihrem weißen Schmucke, die Luft roch nach Veilchen, und in geheimnisvoller Triebkraft schien die Erde leise zu beben. Hier und dort stieg von den braunen Feldern schmetternd eine Lerche empor.

Innocens deutete über die Brustwehr hinaus. »Welch ein tiefer Gottesfriede liegt über der Gegend!« sagte er. »Sehen Sie nur dort das lässig schreitende Zwiegespann vor dem Pfluge und hintendrein den arbeitsfrohen Landmann! Und hier unten den schaukelnden Kahn und den Schiffer darin, der das Ruder weggelegt hat, weil ihn die glatte Flut schnell und sicher zum Ziele trägt! Wahrlich, wenn man die Welt so vor sich sieht im Sonnenschein und die harmlosen Tier- und Menschengestalten darauf, sollte man glauben, sie sei ein Eden, dessen heitere Ruhe niemals durch das wüste Geschrei kämpfender Scharen wäre gestört, dessen Fluren niemals mit argvergossenem Blute wären getränkt worden.«

»Und unter solchen Umständen«, fuhr ich fort, »muß ich Italien kennenlernen! Es war seit jeher mein schönster Traum, dieses Land mit den heiligen Schauern, mit der genießenden Freiheit und Ruhe eines fahrenden Schülers betreten zu können. Und jetzt soll ich als rauher Kriegsknecht, bereit zu morden und zu verwüsten, über die Alpen ziehen!«

»Wie einst unsere Vorfahren unter den Ottonen und Heinrichen – unter den Hohenstaufen«, erwiderte er. »So pflanzen sich die Wellenkreise, die der Sturz des römischen Kolosses hervorgebracht, noch nach einem Jahrtausende fort, und wir sind eigentlich auf unserem Weltteile noch immer Barbaren, so sehr wir uns auch mit den Fortschritten unserer Zivilisation brüsten mögen. Aber«, setzte er nach einem kurzen Besinnen hinzu, indem er mich rasch ansah, »der Zwang der Lehenspflicht und Hörigkeit ist glücklicherweise, wenn auch nur in seiner bindendsten Bedeutung, vorüber. Ich weiß, daß Sie sich schon lange im stillen mit dem Gedanken tragen, den Militärdienst zu verlassen. Tun Sie es jetzt; man kann, glaub' ich, einem Offizier den Abschied nicht verweigern, wenn er darum ansucht.«

»Allerdings nicht. Allein man würde mich für einen Feigling halten, dem um sein Leben bangt. Gerade jetzt kann und darf ich den Abschied nicht fordern.«

»Sie haben recht,« sagte er mit einem leichten Seufzer; »es geht nicht. Man kann sich über gewisse herrschende Meinungen und Ansichten, ohne sich oft sein ganzes Leben zu verderben, nicht hinwegsetzen.«

Die Sonne war indessen tiefer gesunken, und vom Fluß herauf wehte es feucht und kühl; so kehrten wir wieder nach Hause zurück. Die Lampe ward angezündet, und wir ließen uns schweigend auf das Sofa nieder.

Um die gewohnte Stunde kam der Alte mit dem Abendessen, an das wir einsilbig und gedankenvoll gingen. Zuletzt schenkte Innocens die Gläser voll und sagte: »So müssen wir denn scheiden. Wer am meisten dabei verliert, bin ich. Denn,« fuhr er, meine Einwendung abschneidend, fort, »so unangenehm Ihnen die Ereignisse, denen Sie folgen müssen, auch sein mögen: das Ungewohnte und Wechselvolle daran wird Sie doch gewaltsam über das Schmerzliche unserer Trennung hinwegreißen. Und wenn alles überwunden und abgetan ist, dann liegt das Leben wieder in einer neuen Bedeutung, mit frischen Hoffnungen vor Ihnen. Sie sind noch jung; welche Erlebnisse, welche Eindrücke harren noch Ihrer, mit welchen Menschen können Sie noch bekannt und befreundet werden! Ich aber bleibe in meiner Einsamkeit zurück. Ich werde Sie jeden Tag, zu jeder Stunde vermissen. Selbst meine gewohnte Tätigkeit wird mir verwaist erscheinen, da Sie schon so innig damit verknüpft waren – und so bleibt mir kein anderer Trost als der der Erinnerung.« Er hielt mir bei diesen Worten sein Glas entgegen, in welchem der flüssige Rubin des Weines wundersam funkelte. Wir stießen an und tranken, worauf er fortfuhr: »Ich habe noch etwas auf dem Herzen, das ich Ihnen schon vor fast einem Jahre einmal mitzuteilen versprochen. Ich will es jetzt tun, denn mir ist, als sollt' ich Ihnen beim Scheiden das Bild ergänzen, welches Sie von mir, ich weiß es, freundlich im Gedächtnisse bewahren werden.« Er stützte das Haupt auf die Hand und sah einen Augenblick nachdenklich vor sich hin.

»Wie Sie wissen,« begann er, »bin ich der Sohn armer Landleute. Meine Kindheit war im ganzen eine ziemlich freudlose. Ich mußte schon früh meinen Eltern bei der Feldarbeit an die Hand gehen und überdies fleißig die Schule besuchen; denn es hieß, ich solle einmal studieren. Wirklich kam ich später, obwohl man mich zu Hause schwer entbehrte, nach der Hauptstadt, um das Gymnasium zu besuchen. Dort wurde ich bald das Stichblatt meiner Mitschüler, die boshaft genug waren, sich über meine langen Beine, mein schüchternes, linkisches Benehmen, über meinen altväterlichen Anzug lustig zu machen und mir allerlei mutwillige Streiche zu spielen. Obgleich mir dies auch anfangs viele trübe Stunden bereitete, so hatte es doch das Gute, daß ich mich nach und nach ganz von ihrem Umgange zurückzog und somit nie in die Versuchung kam, an dem sonstigen Treiben dieser frühreifen Knaben teilzunehmen. Ich lebte damals in einer ärmlichen Dachstube auf der Kleinseite, wo mich ein entfernter Anverwandter bereitwilligst aufgenommen hatte. Er war schon ziemlich bejahrt, weib- und kinderlos und bekleidete die Stelle eines Aufsehers am zoologischen Museum der Stadt. Er brachte öfter seltene Tiere mit nach Hause, denn zu seinen Obliegenheiten gehörte es, sie auszubälgen oder auch in Weingeist zu setzen. Dabei mußt' ich ihm nun helfen, und auf diese Art erwachte in mir der Hang zum Studium der Natur und schlug immer tiefer in meinem Gemüte Wurzel. Da an unseren Gymnasien zu jener Zeit selbst die Anfangsgründe der Naturwissenschaften engherziger Rücksichten halber von den Lehrgegenständen noch ausgeschlossen waren, so wendete ich meinen geringen Sparpfennig daran, mir einige einschlägige und leicht faßliche Bücher zu erwerben. Oft verweilte ich stundenlang in den lautlosen Sälen des Museums, zu denen mein Pflegevater die Schlüssel hatte und wo mich die bunte Tierwelt in den verschiedenartigsten Stellungen und Lagen regungslos, und doch wie lebendig, mit seltsam stieren Blicken anzusehen schien, so daß ich mich anfangs eines leisen Schauders nicht hatte erwehren können. Bald aber war ich mit ihr ganz vertraut geworden, und meine kindliche Phantasie brachte Atem und Bewegung in die starren Gestalten. Ich ließ den breitmähnigen Löwen und den schön gefleckten Königstiger aus ihrem gläsernen Gefängnis heraustreten und majestätisch einen hohen Palmenwald durchschreiten, wo die Abgottschlange zwischen leuchtenden Blumen den furchtbaren Leib emporringelte, zähnefletschende Affen an den

Stämmen auf- und abkletterten, krummschnäblige Papageien in den Wipfeln kreischten und Kolibris gleich farbigen Funken die Luft durchschossen. Oder ich tauchte mit den plumpen, abenteuerlichen Fischungetümen zu dem zahllosen Gewimmel in den Abgründen des Meeres hinunter, sah über mir die Kiele der Schiffe wegfahren und die Polypen still an den Riffen bauen. An schönen Ferientagen aber verließ ich schon mit dem Frühesten die Stadt und ging aufs Geratewohl ins Land hinein, nur gelenkt durch den Flug der Schmetterlinge und Käfer, auf deren Jagd ich auszog. Dabei las ich in der Eile auf, was mir gerade an den Pflanzen oder Steinen in die Augen fiel, und belud mich damit. Wenn ich mich dann recht warm und müde gelaufen hatte, ruhte ich irgendwo im Schatten aus, am liebsten bei unbewegten, von Erlen und Weiden umdüsterten Wassern, über deren Spiegel blitzende Libellen schwirrten, zartbeinige Spinnen hintanzten, während dann und wann aus der Tiefe ein schnappender Frosch aufgluckste. –

So wuchs ich allmählich zum Jüngling heran und trat endlich, da mich meine Eltern zum geistlichen Stande bestimmt hatten, als Noviz in unseren Orden, der mich nach vollendeten Studien und zurückgelegter Probezeit als Pater aufnahm. Durch bescheidene Dienstwilligkeit und eine gewisse Unverdrossenheit des Gemütes hatte ich mir bald bei meinen geistlichen Vorgesetzten Liebe und Zutrauen erworben; aber plötzlich wurde meinem Ansehen ein schwerer Stoß versetzt: man begann meine Frömmigkeit in Zweifel zu ziehen. Neid und Mißgunst waren, wie überall in der Welt, so auch in unserem Kloster anzutreffen und hatten die Gelegenheit wahrgenommen, meine harmlosen Naturstudien zu verdächtigen und anzuschwärzen. Es verlautete nämlich, daß ich die Zeit, während welcher die andern Paters im schattigen Garten beschaulicher Muße oblagen, ein Spielchen machten oder Spaziergänge in der Stadt unternahmen, mit verruchten, allen kirchlichen Dogmen hohnsprechenden Experimenten hinbringe, zu welchem Zwecke ich eine ganze Teufelsküche und die Werke aller alten und modernen Atheisten in einem Wandschranke meines Zimmers verborgen halte. Der damalige Abt, eine ängstliche, etwas beschränkte Natur, fand sich durch dieses Gerede veranlaßt, mich eines Tages in Begleitung noch zweier Mitglieder bei meinen einsamen Studien zu überraschen, alles Dazugehörige in Beschlag zu nehmen und mir nach einem Verweise anzuraten, meine Fähigkeiten künftighin einer besseren Sache zuzuwenden. Es war ein tiefer Schmerz, den ich empfand, als man mir meine Apparate und Bücher forttrug. Ein bitteres, niederdrückendes Gefühl überkam mich; aber ich erduldete alles mit christlicher Ergebung, wie es meinem Stande ziemte. Die Untätigkeit, zu welcher ich mich jetzt verurteilt sah, lastete in den ersten Tagen schwer auf mir. Aber ich bedachte, wie vieles, das mit den Anschauungen meiner Vorgesetzten nicht im Widerspruche stand, ich noch zu lernen hatte, und so fand ich bald in eifrigen philologischen Studien Trost und Beruhigung. Ich ging nach wie vor fast niemals aus, und meine Erholung war, hie und da eine Stunde auf der Orgel unserer Hauskapelle zu spielen. Ich hatte die erste Anleitung dazu schon von meinem Schullehrer im Dorfe erhalten und benützte nun die Gelegenheit, diese Vorkenntnisse zu erweitern und auszubilden. Wenn ich so in der verlassenen Kapelle saß und die Töne unter meinen Händen aufquollen, da zog ein tiefer Friede, eine lichte Seligkeit in meine Brust, und auch nicht *ein* Schatten dieser Welt fiel hinein.

So war mir manches Jahr in sanfter Gleichförmigkeit vorübergegangen, als der Abt plötzlich starb. Sein Nachfolger, ein wohldenkender, vorurteilsfreier Mann, der mich stets mit vieler Nachsicht behandelt und warm verteidigt hatte, ließ mich eines Tages zu sich bescheiden. ›Wissen Sie‹, sagte er, als ich bei ihm eintrat, ›daß der Verweser unserer Kirche auf dem Wyschehrad wegen andauernder Kränklichkeit um Amtsenthebung nachgesucht hat?‹ Ich bejahte es, da ich davon gehört hatte. ›Möchten Sie wohl‹, fuhr er fort, indem er mich forschend ansah, ›seine Stelle übernehmen?‹ Er mußte in meinen Zügen sogleich eine freudige Zustimmung wahrgenommen haben, denn er klopfte mir schnell auf die Schulter und sagte: ›Nun, so gehen Sie mit Gott! Es wird Sie niemand darum beneiden; der Ort ist gar zu einsam und abgeschieden, wenn auch das Amt eine gewisse Selbständigkeit und Freiheit gewährt, die Sie, das weiß ich, nicht mißbrauchen werden.‹

Mit welch wohltuenden Gefühlen ich das stille Haus hier oben bezog, können Sie sich vorstellen. Ich war der hämischen, spähenden, zischelnden Klosterkameradschaft los und konnte wieder unbehelligt meine geliebten, langentbehrten Arbeiten aufnehmen, wozu mir der neue Abt Bücher und Apparate von selbst hatte zurückstellen lassen.

Als ich nach der ersten Nacht, die ich hier oben zugebracht hatte, am frühen Morgen ans Fenster trat, fiel mein Blick auf das kleine Haus gegenüber. Mit dem Einrichten meiner neuen Wohnung beschäftigt, hatte ich es tags vorher kaum beachtet; jetzt aber zog es meine ganze Aufmerksamkeit auf sich. Tür und Fenster waren geschlossen; alles schien drinnen noch im tiefen Schlafe zu liegen. Nur die Hühner und Gänse trieben schon vor der Schwelle ihr Wesen, und die Tauben trippelten unruhig auf dem Dachfirste umher. Wie ich so hinsah, überkam mich eine Art Heimweh. Es war mir, als säh' ich die niedere, vom Dorfe etwas abgeschiedene Behausung vor mir, in der ich meine Kindheit verlebt hatte, und als müsse sich jetzt und jetzt die Tür öffnen und meine Mutter selig heraustreten. Und die Tür öffnete sich auch, aber die heraustrat, war ein junges Mädchen. Sie hatte ein weißes Tüchlein um den Kopf geworfen und streute aus der aufgenommenen Schürze Futter zu Boden. Ohne sich weiter um das rasch hinzustürzende Geflügel zu kümmern, schöpfte sie Wasser aus der Zisterne und begab sich wieder in das Haus zurück, aus dessen Schornstein alsbald ein leichter Rauch in die heitere Morgenluft aufstieg. Mittlerweile war auch ein munter aussehender Knabe über die Schwelle gehüpft, der nun mit dem Mutwillen seines Alters die emsig pickende Schar von den reichlich zugemessenen Körnern zu verscheuchen begann, wobei er sich an dem Geschrei und an der verworrenen Flucht der furchtsamen Tiere weidlich zu ergötzen schien. Plötzlich aber wurde er von dem Mädchen, das rasch aus der Tür eilte, beim Arm gefaßt und hineingezogen.

Drüben hatten sich die versprengten Gäste allmählich wieder eingefunden, als es an meiner Tür klopfte. Es war der Kirchendiener, um mich zur Messe abzuholen, mit welcher ich mein Amt einweihen sollte. Bevor wir gingen, fragte ich den Mann, wer dort drüben wohne. ›Der Zeugwart‹, erwiderte er, ›mit Weib und Kindern. Ein alter Knasterbart, der die Franzosenkriege mitgemacht und sich den ruhigen Posten hier oben durch manche Blessur verdient hat.‹

In der Kirche, welche gewöhnlich nur an Sonn- und Feiertagen offen ist, war kein Beter anwesend. Als ich mich beim Evangelium umwandte, sah ich das Mädchen hereintreten. Sie trug einen Korb am Arme und kniete in der Nähe des Altares nieder, an welchem ich die Messe las. Nach einem kurzen Gebete erhob und bekreuzte sie sich und ging wieder.

Als ich nächsten Sonntag zum erstenmal die Kanzel bestieg, gewahrte ich sie gleich beim ersten Hinsehen auf die Menge unter mir. Sie hatte ein blaues, bis an den Hals hinauf geschlossenes Kleid an, das ihr gar wohl zu den goldenen, schlichtgescheitelten Haaren stand. Neben ihr im Betstuhle saß eine schon ziemlich bejahrte Frau, die man sogleich für die Mutter erkannte. Während ich predigte, fühlte ich beständig ihren Blick aus den vielen heraus, die auf mich gerichtet waren, und in dem Bestreben, ihm auszuweichen, und doch wunderbar davon angezogen, irrte mein Auge scheu um die liebliche Gestalt herum, ohne daß ich den Mut gehabt hätte, sie anzusehen. Desto öfter jedoch blickte ich in den Tagen, die nun folgten, nach dem kleinen Hause hinüber, und bald paßte ich sogar jeden Morgen den Augenblick ab, wo die Jungfrau vor der Tür erschien. So trat ihr Bild unvermerkt immer tiefer in mein Leben hinein und verwuchs damit, eine holde Notwendigkeit, wie Luft und Licht. Es fachte keinen Wunsch in mir an; aber wie an trüben, sonnenlosen Tagen ein dumpfer Druck auf einem liegt, so überkam mich, wenn ich sie zur gewohnten Stunde nicht sah, ein geheimes Mißbehagen, das nicht eher wich, als bis sich die schlanke Gestalt, wenn auch noch so flüchtig, vor dem Hause, am Fenster oder im Gärtchen gezeigt hatte. Dann aber war es mir, als sei es erst jetzt vollends Tag geworden, dessen helles Licht mich mit sanfter Wärme und Heiterkeit durchströmte. –

Eines Abends spät hatte ich eben die Lampe angezündet und mich über ein Buch gebeugt, als die Klingel am Tor ziemlich hastig gezogen wurde. Ich erhob mich und trat ans Fenster. Unten im Dunkel der Bäume stand das Mädchen. Ein jäher, freudiger Schreck durchzuckte mich, und unwillkürlich trat ich einen Schritt zurück.

Inzwischen hatte der Kirchendiener das Tor geöffnet und fragte nach ihrem Begehren.

›Um Gottes willen,‹ sagte sie mit ängstlicher Hast, ›meine Mutter ist schwerkrank; der geistliche Herr möchte sie versehen kommen.‹

Ich erbebte im Innersten bei dem Klange dieser Stimme, die ich zum erstenmal hörte. Ich fühlte das tiefste Mitleid mit dem armen Kinde; eine fieberhafte Angst und Sorge überfiel mich, und dennoch hätte ich zugleich aufjubeln können vor Freude. Rasch eilte ich die Treppe hinunter und begab mich mit dem Kirchendiener, der mir im Flur entgegenkam, in die Sakristei, um alles Notwendige zu holen. Als ich damit aus dem Hause trat, war das Mädchen am Tor niedergekniet. Ich bewegte mit zitternden Händen den Kelch segnend über ihrem Haupte, dann stand sie auf und eilte mir voran.

In einer ärmlichen, aber rein und sorgsam gehaltenen Stube kniete der Zeugwart am Krankenbette, eine breitschultrige Soldatengestalt mit dem Kanonenkreuze auf der Brust; ihm gegenüber der Knabe, das große Kindesauge ängstlich und verschüchtert auf mich richtend. Ich segnete die Anwesenden und trat dann zur Kranken, die, wie es schien, bewußtlos im heftigen Fieber lag. Sie bewegte unruhig Kopf und Arme und murmelte unverständliche Worte vor sich hin. Es fiel mir auf, daß man fast gewaltsam eine Menge Bettzeug auf sie gehäuft hatte, was die verzehrende Fieberglut des Weibes nur noch steigern mußte. Auch waren die Fenster geschlossen, und in der Stube lagerte die Luft schwül und dunstig. Ich wandte mich an den Zeugwart mit der Frage, wann und unter welchen Umständen die Krankheit ausgebrochen sei und ob man keinen Arzt zu Rate gezogen. Hierauf nahm aber gleich das Mädchen das Wort und sagte unter leisem Schluchzen, daß die Mutter schon gestern über Mattigkeit und Kopfschmerz geklagt und die Nacht sehr unruhig zugebracht habe. Sie hätten einen Chirurgen holen lassen; dieser habe schweißbringende Mittel und Verwahrung vor Luftzug verordnet und schon für den nächsten Tag Besserung in Aussicht gestellt. Statt dessen sei jedoch die Mutter von Stunde zu Stunde kränker geworden, und sie hätten sich nicht zu raten noch zu helfen gewußt.

Da ich in dem Zustande der Kranken typhöse Erscheinungen erkannte, so machte ich Vater und Tochter auf das Verkehrte dieser Behandlungsweise aufmerksam und erbot mich, falls man mir Vertrauen schenke, der Kranken Erleichterung zu verschaffen. Zugleich versprach ich, morgen mit dem Frühesten aus der Stadt einen Arzt holen zu lassen. Ein Strahl freudiger Hoffnung flog bei meinen Worten über das düstere, gebräunte Antlitz des Alten und schimmerte um so heller hinter den Tränen des Mädchens auf, als ich das Versehen mit den Sterbesakramenten für unnötig erklärte und bat, mich einstweilen nur als Arzt zu betrachten und alle meine Anordnungen zu befolgen.

Das Mädchen faltete die Hände vor der Brust und sah mich erwartungsvoll an. Ich befahl fürs erste, die schweren, dicken Hüllen von dem Körper der Frau zu entfernen, dann Tür und Fenster zu öffnen, auf daß die reine, frische Nachtluft durch die Stube streiche. Sie taten es schweigend und eilig; aber ein leiser Zug ungläubiger Ängstlichkeit lag dabei in allen Gesichtern. Die Anordnungen waren ja so ganz jenen des Chirurgen entgegengesetzt, und die Menschen sind in allem und jedem zu sehr an langsame Übergänge gewöhnt, als daß sie zu einem plötzlichen Wechsel unbedingtes Vertrauen fassen sollten.

Ich hatte inzwischen von dem Knaben ein Becken mit frischem Wasser füllen lassen. Dann begehrte ich Linnen, tauchte es ein und legte es auf die brennende Stirn der Kranken, die dabei, wie neubelebt, tief aufseufzte. Hierauf entfernte ich mich, um einiges aus meiner kleinen Handapotheke herüberzuholen.

Als ich wieder in die Stube trat, hörte ich, wie eben der Knabe sagte: ›Wie wohl der Mutter die kalten Umschläge tun! Der dumme Chirurg. Das hätte er auch wissen sollen.‹

›Siehst du, Ludmilla,‹ sagte jetzt der Zeugwart, ›wie gut es war, daß ich darauf bestand, du solltest den geistlichen Herrn rufen.‹

›Ach ja,‹ erwiderte sie, indem sie mich mit ihren großen braunen Augen tief ansah, ›aber es tat mir so weh, daran zu glauben, daß es mit der Mutter so schlimm stehe.‹

Ich hatte kühlende Pflanzensäfte mitgebracht und goß davon in ein Glas Wasser, das ich an den lechzenden Mund der Kranken brachte. Kaum spürte diese das Naß an den Lippen, als sie es, obgleich noch immer bewußtlos, instinktmäßig mit gierigen Zügen einschluckte.

Mittlerweile hatte der Zeugwart nach der Uhr gesehen, zögernd seine Uniform zugeknöpft und den Säbel umgeschnallt. ›Der Dienst ruft mich‹, sagte er, als ich ihm einen fragenden Blick zuwarf. ›Ich muß die Nachtrunde um das Fort und die Pulvermagazine machen. Es ist mir noch nie so schwergefallen wie heute.‹

›Gehen Sie unbesorgt,‹ erwiderte ich, ›ich will Ihre Zurückkunft hier abwarten. Bis dahin soll sich, wie ich hoffe, Ihre Frau schon merklich besser befinden.‹

Der alte Soldat beugte sich über die Kranke und horchte auf ihren Atem. Dann zündete er das Licht einer Laterne an und ging.

Wirklich wurde die Kranke von Minute zu Minute ruhiger, die Delirien hörten auf; das Bewegen und Zucken der Arme wurde seltener, und die wüste Bewußtlosigkeit schien einem tiefen, wohltätigen Schlummer zu weichen.

Ich hatte mich ihr zu Häupten gesetzt und hielt ihren Puls leicht umfaßt. Ludmilla war hart am Bette niedergekniet und schien mit aufgestützten Armen zu einem Heiligenbilde an der Wand zu beten. Der Knabe lag, von dem bleiernen Schlaf der frühen Jugend bewältigt, mit überhangendem Haupte in einem alten Lehnstuhl. Still quoll die Nachtluft durch das geöffnete Fenster herein und spielte mit der gedämpften Flamme der Lampe, um welche, vom trügerischen Schein in die Stube gelockt, ein schwerfälliger Falter in immer engeren Kreisen schwirrte.

Da war es mir, als neige sich das Haupt des knienden Mädchens der Seite zu, wo ich saß. Und wie es jetzt tiefer und tiefer sank, lösten sich langsam die gefalteten Hände, die Arme fielen schlaff an den Hüften hinunter, und eh' ich mich dessen versah, glitt der Oberleib der vom Schlafe Übermannten sanft in meinen Schoß herüber.

Eine nie gekannte Empfindung durchzuckte mich, als die holde Last plötzlich auf meinen Knien lag. All mein Blut schoß zum Herzen; ich fühlte, wie ich erblaßte. Was sollte ich beginnen? Sollte ich sie wecken? Und wenn ich es tat, mußte sie nicht gewahren, daß sie in meinem Schoße lag? Ein tiefes Schamgefühl überkam mich und trieb mir das Blut, heiß zum Versengen, in die Wangen zurück. Ich wagte mich nicht zu rühren. Ich spürte, wie sich die Brust der Jungfrau im festen Schlummer gleichmäßig hob und senkte, und lauschte auf ihre Atemzüge, die sich mit den leisen des Knaben und den schnellen, stoßweisen der Kranken vermischten. Mein Herz schlug hörbar; der Falter schwirrte noch immer ums Licht; draußen zirpten die Grillen.

Plötzlich erlosch knisternd die Lampe. Der Falter hatte das Flämmchen, endlich hineinflatternd, erstickt. Ludmilla machte im Schlafe eine Bewegung. Dabei berührte ihr warmer Hauch meine Hand. Ein heißer Schauer durchrieselte mich, meine Pulse flogen, und in der Verwirrung meiner Sinne beugte ich mich nieder, und mein Mund streifte zitternd das weiche, duftige Haar der Schläferin. Aber gleichzeitig, wie von einer inneren Angst getrieben, schob ich sie sanft von mir und erhob mich.

Ludmilla erwachte und schien sich lange nicht besinnen zu können, als sie sich so am Boden und im Dunkeln befand. Ich sagte mit bebender Stimme, sie möge die Lampe anzünden, die eben erloschen sei. Sie tat es schämig verwirrt und erwiderte, indem sie mit den Händen über das rosige Gesicht fuhr: ›Mein Gott, mir scheint, ich habe gar geschlafen.‹

Ich schwieg und wechselte den Umschlag der Kranken. Es tat mir wohl, die fiebernden Hände ins Wasser zu tauchen; doch kühlte es nicht die Glut, die mich noch immer durchtobte.

Bald darauf trat der Zeugwart ein. Ich wies auf die ruhig schlummernde Kranke und unterbrach errötend die schlichten Dankesworte des Mannes, indem ich mich mit dem Bemerken verabschiedete, daß für heute Nacht nichts mehr zu befürchten sei. Ludmilla hatte die Lampe ergriffen, um mir hinauszuleuchten. Ich winkte ihr zu bleiben, zog meine Hand, die sie ehrerbietig zum Kusse ergreifen wollte, zurück und eilte fort.

Draußen war eine herrliche Nacht. Die Sterne flimmerten und zuckten, und der Mond goß sein feuchtes Licht über die Erde. Ohne zu wissen, wie ich dahin gekommen, stand ich plötzlich auf der Bastei, deren Brustwehr meinen wahllos stürmenden Schritten Einhalt tat. Schwüle Fliederdüfte umquollen mein Antlitz; in der Runde schmetterten die Nachtigallen.

Horch! Ferner Lärm, wie von verworrenen Stimmen, von Scherzen und Gelächter. Ein Kahn kam den glitzernden Strom herabgefahren, voll fröhlicher Menschen, die gewiß bis jetzt in Podol gezecht hatten und sich in der stillen Mondnacht auf der schaukelnden Flut bis zur Prager Brücke rudern ließen.

Immer näher kam der Kahn; immer lauter scholl die Lustbarkeit der Menschen, deren Gestalten ich deutlich erkennen konnte, wie sie, Männer und Frauen, dichtgedrängt in dem kleinen Fahrzeug saßen und standen.

Plötzlich verstummte Plaudern und Lachen, und eine weiche schmelzende Tenorstimme begann in die schimmernde Nacht hinauszusingen:

›Sei in Tönen, weich und linde,
Mir gegrüßt, o Frühlingsnacht,
Glücklich, wer mit seinem Kinde
Wonneselig dich durchwacht!
Wie ein heimliches Gewittern,
Das in dir sich leise regt,
Hör ich rings die Herzen zittern,
Hold von Liebesmacht bewegt!‹

Ein schneidendes Weh drängte sich durch meine Seele, und atemlos, wie von einem Zauber berührt, lauschte ich dem Gesange.

›Hör ich rings die Herzen zittern,
Hold von Liebesmacht bewegt!‹

scholl es, im lauten Chor wiederholt, herauf.

Jetzt glitt der Kahn gerade unterhalb des Forts vorüber, und mit kräftiger, rasch emporgeschnellter Stimme fuhr der Sänger fort:

›Aber wecken alle Träumer
Möcht' ich jetzt mit hellem Sang,
Treiben möcht' ich alle Säumer
Vor mir her mit Becherklang!
Denn mich wurmet das Genippe,

Wo ein Trunk nur kühlt und stillt,
Und mich wurmet jede Lippe,
Die nicht heiß verlangend schwillt!‹ –

›Und mich wurmet jede Lippe,
Die nicht heiß verlangend schwillt!‹

tönte es im Chor.

Ich beugte mich weit über die Brustwehr hinaus, denn immer
ferner und schwächer klang es:

›Und so wie der echte Zecher
Jeden Tropfen froh genießt,
So verschmäh' ich rascher Brecher
Keine Blüte, die da sprießt –‹

Ich hörte nur mehr die immer leiser tönende Melodie des Liedes,
noch einmal den Chor fern aufrauschen; dann war alles still.

Jetzt überkam mich eine tiefe, wilde Sehnsucht und drohte mir
die Brust zu zersprengen. Es war mir, als wäre mein Glück an mir
vorübergezogen und rufe und winke durch die Nacht nach mir
zurück mit geheimnisvollen Stimmen und leuchtenden Händen. In
unsäglichem Drange breitete ich die Arme in der Richtung aus, in
welcher der Kahn meinen Blicken entschwunden war. Dann warf
ich mich nieder auf das feuchte Gras, und eine glühende Träne rann
aus meinem Auge mit dem kühlen Tau des Himmels zusammen.«

Er schwieg einen Augenblick, wie um eine innere Erregung aus-
zittern zu lassen, und fuhr dann in etwas gedämpftem Tone fort:
»Am Horizont stand schon ein blaßgelber Streif, als ich nach Hause
zurückkehrte. Ich warf mich angekleidet aufs Bett und versank in
einen kurzen, von wüsten Traumbildern geängstigten Schlummer.
Beim Erwachen lag das Dasein fremdartig vor mir, ein einziger
großer Schmerz. Der Arzt erschien, und ich ging zögernd mit ihm
hinüber. Er erklärte den Zustand der Kranken für keinen sehr ge-
fährlichen und verordnete einiges, während ich mit bebender Seele
abseits stand und den Blicken Ludmillas auswich, die sie, um die

Mutter beschäftigt, voll innigen Dankes gegen mich aufschlug. Ich war froh, als ich mich mit dem Arzte wieder entfernen konnte. Es litt mich aber nicht zu Hause, sondern ich irrte zeitvergessen in der Zitadelle umher, warf mich hier und da erschöpft auf die Schanzen nieder und brütete vor mich hin. In dieser dumpfen, ruhelosen Untätigkeit vergingen die nächsten Tage. Ein schleichendes, markverzehrendes Feuer war in meinem Innern entglommen und lohte oft in so wilden, nie gekannten Wünschen auf, daß ich vor mir selbst erschrak. In meiner Seelenangst schloß ich mich dann oft stundenlang in der kühlen, dunklen Kirche ein, um durch reumütiges Gebet mein Inneres zu läutern und der schwülen Traumhaftigkeit meiner Sinne Herr zu werden. Aber umsonst: auf der Lippe, die das *peccavi* sprach, zitterte die wonnige Berührung mit den blonden Haaren Ludmillas nach, und wie geisterhaft fühlte ich mich von den Sirenenklängen jenes Liedes umweht. Selbst an der Orgel, deren Töne mich sonst über alles Irdische hinausgehoben, fand ich keine Beruhigung, keinen Trost. Ihr feierlich ernstes, gleichmäßiges Rauschen stimmte nicht zu dem Zwiespalte in meiner Brust, der, das fühlte ich, nur auf einer Geige in wildklagenden Akkorden, grellen Läufen und schneidenden Kadenzen hätte ausklingen können. Ein Opfer dieses Zwiespaltes, nannte ich mich selbst einen pflichtvergessenen Priester, der mit unwürdiger Hand den Kelch erhebe und dessen befleckte Lippe das Wort Gottes entheilige. Und dann nahm ich mir vor, nie mehr die Schwelle des Zeugwartes zu betreten, was ich doch schon der Kranken halber von Zeit zu Zeit tun mußte, hätte mich auch nicht die Sehnsucht, Ludmilla zu sehen, hingetrieben. Gleich darauf aber beklagte ich mich wieder als einen unglückseligen Menschen, der inmitten der Freuden und wonnigen Genüsse dieser Welt an einen düsteren Felsblock geschmiedet sei, und weinte heiße Tränen darüber, daß ich das unauflösbare Gelübde abgelegt. – Fast eine Woche lang war es mir gelungen, die drängende Sehnsucht zurückzudämmen; länger aber ertrug ich's nicht. Ich umkreiste, wie damals der Falter die Lampe, immer enger das kleine Haus und trat endlich hinein.

Ich fand die Kranke schon im Gärtchen. Man hatte ihr den alten Lehnstuhl unter einen breitästigen Apfelbaum getragen, in dessen Schatten sie den herrlichen Nachmittag genoß. Neben ihr auf einer in der Erde festgerammten Bank saß Ludmilla. Diese sprang, als ich eintrat, hastig auf, wobei ihrem Schoße ein buntes Chaos von Wiesenblumen entglitt.

Die Frau machte einen Versuch, sich zu erheben, sank aber alsbald kraftlos in den Stuhl zurück. So begnügte sie sich, mir ihre welke, abgemagerte Hand entgegenzustrecken. ›Wie schön, hochwürdiger Herr‹, sagte sie, ›daß Sie heute herüberkommen, wo ich zum erstenmal wieder die freie Gottesluft atme.‹

›Es freut mich, Sie schon so wohl zu sehen‹, erwiderte ich mit gepreßter Stimme; denn ich bemerkte, daß mich Ludmilla mit ängstlicher Freude betrachtete.

›Gerade haben wir von Ihnen gesprochen, nicht wahr, Mutter?‹ sagte sie. ›Wir fürchteten schon, Sie wären krank. Sie sahen, als Sie das letzte Mal bei uns waren, gar so blaß und leidend aus.‹

Ich fühlte, wie ich bei diesen Worten noch bleicher wurde, als ich es vielleicht schon war.

›Und Sie *waren* auch gewiß krank‹, fuhr Ludmilla fort. ›Man sieht es Ihnen an, daß Sie sich selbst jetzt noch nicht ganz wohl fühlen.‹

›Wahrlich,‹ bekräftigte die Mutter, ›jetzt merk' ich es erst, wie übel Sie aussehen. Was fehlt Ihnen, geistlicher Herr? Reden Sie, um Gottes willen!‹

Ich drohte umzusinken. Bei dieser ängstlichen Musterung kam mir in den Sinn, wie verstört ich aussehen mußte; ich empfand deutlich, wie mir das Haar wirr um die Schläfen hing, wie meine Augen eine düstere Fieberglut ausstrahlten. Dennoch faßte ich mich und erwiderte, indem ich mich zu lächeln zwang: ›Mir fehlt nichts; ich fühle mich ganz wohl.‹

›Wirklich? Wirklich?‹ forschten die Frauen. ›Sie wollen es nur verheimlichen‹, setzte Ludmilla hinzu.

›Warum sollt' ich das‹, sagte ich, das Zittern meiner Stimme gewaltsam unterdrückend. ›Beruhigen Sie sich, es ist nichts. Die Tage sind jetzt nur so unerträglich schwül‹, fuhr ich fort, indem ich unwillkürlich meinen Empfindungen nachgab und mit der Hand über die Stirn strich.

›So setzen Sie sich doch hierher in den Schatten!‹ rief das Mädchen und zwang mich mit sanfter Gewalt auf die Bank nieder. ›Prokop!‹ rief sie dann dem Knaben zu, der, ohne mein Kommen bemerkt zu haben, weiter rückwärts im Gärtchen herumsprang. ›Prokop, siehst du denn nicht, daß der geistliche Herr da ist?‹ Alsbald kam der Kleine auf mich zugelaufen. Froh, die Verwirrung meiner Seele hinter einem Gespräch mit dem Kinde verbergen zu können, streichelte ich ihm das erhitzte Gesicht und das lichtblonde, kurzgeschnittene Haar, während ich hastig hintereinander eine Menge Fragen an ihn stellte, die er alle bescheiden und aufgeweckt beantwortete.

Ludmilla hatte inzwischen langsam die Blumen vom Boden aufgelesen und machte jetzt Miene, sich neben mir auf die Bank niederzulassen. Ich erhob mich unwillkürlich. ›Wie, Sie wollen schon wieder fort?‹ hieß es. ›Ich muß‹, stammelte ich, obgleich es sich wie unsichtbare Bande um mich legte.

›Oh, nur einen Augenblick!‹ bat Ludmilla, ›bis ich den Strauß hier fertig habe. Sie können sich ihn zu Hause ins Wasser stellen.‹

Ich machte verwirrt eine ablehnende Gebärde.

›Geh mit diesen Blumen!‹ sagte die Mutter. ›Da gibst du dem geistlichen Herrn was Rechtes.‹

›Also wollen Sie sie nicht?‹ fragte Ludmilla kleinlaut. ›Sie duften doch ganz frisch.‹

Mir wollte das Herz darüber zerspringen, daß ich ihr weh getan. ›So war es nicht gemeint‹, sagte ich. ›Ich liebe ja die Blumen, die draußen frei und ungepflegt sprießen, gar sehr. Ich wollte nur nicht, daß Sie sich meinetwegen mühten.‹

›Mühten?‹ fragte sie. ›Mein Gott, wie gerne tät ich's! Aber was ist es denn, einen Strauß zu binden.‹ Und indem sie die Blumen auf die Bank legte und rasch wieder eine nach der anderen aufnahm, fuhr sie fort: ›Die Schanzen sehen jetzt gar so schön aus. Alles steht bunt von Stern- und Glockenblumen, von Gelbveiglein und Hahnenfuß. Da pflück' ich nun, so viel ich kann. Denn hier haben wir auch gar zu wenig Raum, um Blumen zu halten. Mein Rosenbäumchen dort ist außer den Äpfeln und Bohnen das einzige, was bei uns blüht.‹ Sie deutete darauf hin. Es war wirklich die alleinige Zierde des Gärtchens, wo jedes Fleckchen Erde mit einem nützlichen Gewächse bepflanzt war, und stand bis auf eine halbaufgeblühte Rose noch in Knospen.

Sie hatte den Strauß fertig und hielt ihn in der gebräunten, aber wohlgeformten Hand prüfend vor sich hin. ›Es sind doch gar zu unscheinbare Blumen,‹ sagte sie niedergeschlagen, ›sie nehmen sich im Rasen zerstreut viel besser aus als so. Aber warten Sie, ich will noch etwas hinzutun!‹ rief sie, wie von einem plötzlichen Gedanken erfaßt, und eilte auf das Bäumchen los. Dort pflückte sie die Rose und steckte dieselbe in die Mitte des Straußes, wo sie, von weißzackigen Sternblumen umgeben, gar lieblich aussah. ›So‹, sagte Ludmilla, indem sie zurückkehrte und mir anmutig den Strauß überreichte. ›Es war die einzige. In ein paar Tagen aber werden alle Knospen aufgegangen sein, und dann sollen Sie die schönsten Rosen haben.‹

Ich stammelte einige unzusammenhängende Worte und verabschiedete mich; Ludmilla ging noch mit mir bis zu dem Pförtchen im Zaune.

Draußen atmete ich tief auf. Ein schmerzlichsüßes Weh hatte mir drinnen das Herz zusammengepreßt und eine dumpfe Hitze ins Antlitz getrieben. Nun suchte ich Luft, Kühlung. Aber die Sonne schien heiß auf meinen Scheitel nieder; kein Blatt, kein Halm regte sich. Unwillkürlich brachte ich den Strauß, um mich zu erfrischen, vors Antlitz. Dadurch wurde ich mir erst des duftigen Geschenkes bewußt, und eine seltsame Verwirrung und Beängstigung überkam mich. Es war mir, als hefteten sich rings tausend Augen auf mich und die Blumen in meiner Hand. Und da fingen die Stengel zwischen meinen Fingern zu glühen an, und aus jedem Kelche schien eine Flamme zu schlagen. Scheu blickte ich umher; es war niemand zu sehen, außer einer Schildwache, die hoch oben auf dem Wall, ohne mich zu beachten, träg auf und nieder ging. Ich nahm den Strauß unter mein Skapulier und eilte zu mir hinüber. Geräuschlos, mit hochklopfendem Herzen, huschte ich über den Flur und die Treppe hinauf und schloß die Tür hinter mir ab. Hier im kühlen einsamen Zimmer drückte ich den Strauß an die Brust, an die Augen, an den Mund. Ich gab ihm die zärtlichsten Schmeichelnamen, wühlte mit zitternden Fingern darin und bedeckte die Stengel mit zahllosen Küssen. Plötzlich aber zuckte wieder das ganze fürchterliche Bewußtsein meiner Lage in mir auf; entsetzt schleuderte ich den Strauß vor mich auf den Tisch hin, schlug mir die Hände vors Gesicht und sank laut stöhnend in einen Stuhl.

Ich weiß nicht, wie lange ich so, eine Beute der widerstreitendsten Gefühle, mochte dagesessen haben, als es an der Tür klopfte. Erschreckt fuhr ich empor, warf ein Tuch über den Strauß und öffnete.

Es war der Kirchendiener in Begleitung eines Mannes, der einige Papiere in der Hand hatte. ›Der Sakristan von Sankt Carl wünscht Euer Hochwürden im Auftrage seines Herrn Pfarrers zu sprechen‹, sagte der Kirchendiener. ›Wir haben morgen eine Leiche.‹

›Eine Leiche?‹ fragte ich mechanisch.

›Eine vornehme Leiche‹, bekräftigte der Kirchendiener mit einem gewissen Behagen. ›Die Tochter des reichen Großhändlers Friedheim. Ich habe sie gut gekannt, denn sie kam fast jeden Sonntag in unsere Kirche herauf. Ein schönes schlankes Fräulein mit blonden Haaren. Sie müssen sie ja auch schon gesehen haben. Sie saß immer im ersten Betstuhle rechts, wo ich jedesmal für sie und die alte Dame, die sie begleitete, Plätze bereithielt.‹

›Ich entsinne mich nicht‹, sagte ich, ohne daß ich dabei nur etwas gedacht hätte, und wandte mich an den Sakristan mit der Frage, warum die Tote nicht bei Sankt Carl, wohin sie doch eigentlich zu gehören scheine, begraben würde.

›Damit hat es ein eigenes Bewenden‹, antwortete der Mann. ›Die ganze Stadt ist voll davon. Das Fräulein war mit einem jungen Rechtsgelehrten verlobt, und die Trauung sollte schon in der nächsten Zeit stattfinden. Wie es heißt, hatte man sich kein ungleicheres Paar denken können als die beiden. Er – heiter, lebenslustig, zuweilen ausgelassen, wenn auch nicht mehr, als es jungen Leuten eben wohl ansteht. Sie hingegen still, nachdenklich, fast schwermütig. Dennoch sollen sie sterbensverliebt ineinander gewesen sein. Als das Fräulein zum letztenmal die Kirche hier oben besuchte, war auch der Bräutigam mit. Nach der Messe kommt es ihr in den Sinn, in den Friedhof hineinzugehen. Der Bräutigam will anfangs nicht; endlich gibt er nach. Wie sie so Arm in Arm langsam zwischen den Hügeln und Kreuzen hingehen, sagt sie: 'Wie still, wie schön es hier ist! Wenn ich einmal sterbe, möcht' ich hier begraben sein.' – 'Ei,' erwiderte der Bräutigam scherzend, 'bis dahin ist kein Platz mehr. Siehst du denn nicht, wie jetzt schon die Gräber dicht aneinandergedrängt sind. Sie werden bald zu einem einzigen großen Blumenhügel zusammenwachsen.' – Aber nach vierzehn Tagen war sie tot. Eine entzündliche Krankheit, die sie sich bei einem Ausfluge geholt haben soll, raffte sie so schnell dahin. Der junge Rechtsgelehrte ist aus Schmerz darüber fast wahnsinnig. Nun will man sie, wie es ihr Wunsch war, hier oben begraben lassen.‹ Er hatte mir bei diesen letzten Worten die Papiere überreicht und setzte hinzu, der Pfarrer von Sankt Carl ließe mich bitten, ich möchte alles Nötige veranlassen und mich morgen nachmittags zur Begräbnisstunde im Hause des Großhändlers einfinden. Er selbst würde auch dort sein, da die Leiche vorher bei Sankt Carl eingesegnet werden müsse.

Als ich wieder allein war, legte ich die Hand auf die Stirn. Es war mir, als erwache ich aus einem schweren Traum. Wie Schatten löste es sich nach und nach von allen Dingen im Zimmer, das mir schon ganz fremd geworden war. Jeder Stuhl, jeder Schrank, jedes Buch auf den Gestellen schien mich vertraut anzublicken, und über dem Tische dort am Fenster lag es wie ein Sonnenstrahl aus früheren, glücklichen Tagen.

Ich überlas aufmerksam die Sterbedokumente und dachte, während ich auf und ab schritt, den Fall in seiner Besonderheit durch. Und je mehr mir dessen volle Bedeutung klar wurde, desto leichter und freier fühlte ich mich, ich wußte selbst nicht warum. Ich bemühte mich jetzt, mich auf die Verstorbene zu besinnen, mir nach den Andeutungen des Kirchendieners ein Bild von ihr zu entwerfen: aber seltsam, es floß mir immer mit jenem Ludmillas zusammen. Ein leiser Duft, der sich im Zimmer verbreitet hatte, mahnte mich endlich wieder an den Strauß. Ich nahm das Tuch davon, füllte ein Glas und stellte ihn hinein. Draußen lagerte eine dumpfe Schwüle, die sich still zu schweren Wolken zusammenballte. Eine süße Müdigkeit überkam mich; ich hatte so viele Nächte bloß in wüstem, entnervendem Halbschlummer zugebracht. Nun gab ich der Schläfrigkeit, die sich wohltuend auf meine Augenlider senkte, nach und ging zu Bette, während draußen die Donner zu rollen anfingen und ein erquickender Regen über die Erde niederging. –

Der folgende Tag ließ sich recht unfreundlich an und blieb es. Ich aber fühlte mich nach einem langen und tiefen Schlafe wunderbar gestärkt und ging zum Friedhof hinab, wo ich dem Kirchendiener, der hier zugleich Totengräber ist, zusah, wie er für die Verstorbene ein Grab aufwarf. Zur bestimmten Stunde fand ich mich in dem Hause des Großhändlers ein. Dort wurde ich in einen schwarzausgeschlagenen Empfangssaal geführt, wo bereits eine Menge von Leidtragenden versammelt war. In der Mitte des Saales, vom Scheine leis flackernder Wachskerzen beleuchtet, lag die Tote in einem offenen Sarge, weißgekleidet, den Brautkranz im Haar. Ein junger Mann hatte sich mit verstörten Mienen über sie geworfen und benetzte ihr bleiches Antlitz und ihre starren Hände mit Tränen und Küssen. Als man jetzt Anstalten traf, den Sarg zu schließen, wollte er dies durchaus nicht zugeben. Er wehrte die Männer, die mit dem Deckel nahten, ab und rief mit herzzerreißender Stimme: ›Nein! Ich lasse sie nicht forttragen! Ich lasse sie nicht in die kalte, finstere Erde versenken!‹ Umsonst beschworen ihn seine Angehörigen und Freunde, sich zu fassen; umsonst sprach ihm der Pfarrer von Sankt Carl, ein kleiner, wohlbeleibter Herr, in salbungsvollen Worten Trost zu: er wollte nichts hören und mußte endlich mit Gewalt von der Leiche entfernt werden. Wahrend dieser erschütternden Szene stand ich abseits mit gesenktem Haupte da. War es eine zufällige Ähnlichkeit, war es ein Spiel meiner Phantasie – ich glaubte Ludmilla dort im Sarge zu sehen. Das waren dieselben feingeschnittenen Züge, war dasselbe blonde, schlichtgescheitelte Haar, dieselbe schlanke, zartbusige Gestalt; nur der entstellende Hauch des Todes lag darüber und der fremdartige Prunk und Schimmer der kostbaren Sterbegewänder. Ich verstand den Schmerz des Jünglings, als wär' er mein eigener – und doch war es wiederum nur eine stille, süße Wehmut, was mich durchzitterte.

Jetzt ertönten schaurig dumpf die Schläge des Hammers. Die Träger hoben den Sarg, und unter den Klängen eines Chorals wurde die Leiche zur Einsegnung in die Carlskirche gebracht. Von dort aus bewegte sich der Zug, dem eine lange Wagenreihe folgte, gegen den Wyschehrad. Ein kalter Wind jagte dabei graues, zerrissenes

Gewölk mit flüchtigen Regenschauern am Himmel hin und her und löschte fast die qualmenden Leichenfackeln aus.

Endlich waren wir auf dem Friedhof angelangt, und die nächsten Angehörigen traten laut schluchzend an den Rand des Grabes. Nur der Bräutigam schien schon alle seine Tränen verweint zu haben, denn er starrte jetzt mit trockenem Auge in die modrige Grube. Als man aber den Sarg hineinsenkte, da machte er eine Bewegung, als wollte er sich mit den dumpf niederpolternden Schollen nachstürzen, so daß ihn ein alter Herr, augenscheinlich sein Vater, erschreckt beim Arme faßte. Man konnte ihn jedoch nicht daran hindern, daß er sich, als das Grab geschlossen war, auf den frischen Hügel niederwarf, wo er sich, ohne auf die Umstehenden zu achten, ganz einem stummen, verzweiflungsvollen Schmerze überließ. So verweilte er lange.

Allmählich entfernten sich die Anwesenden, indem sie sich noch öfter mit bedauernden Blicken nach ihm umwandten. Nur sein Vater und ein junger Mann blieben bei ihm zurück.

›Artur,‹ sagte endlich der erstere, ›laß es jetzt genug sein. Bedenke, wie mir beim Anblick eines solchen, alles Maß überschreitenden Schmerzes zumute sein muß. Ich bitte dich, mein Kind, steh' auf!‹

Der Jüngling hörte nicht oder wollte nicht hören.

›Wahrlich, Artur,‹ nahm jetzt der andere das Wort, indem er dem alten Herrn einen bedeutungsvollen Blick zuwarf, ›wahrlich, ich hätte nicht gedacht, daß du so wenig Seelenstärke besäßest. Du schwelgst in deinem Schmerze wie ein nervöses Weib. Ich kenne dich gar nicht mehr.‹

Artur schnellte mit halbem Leib empor und sah ihn mit wilden Blicken an. ›So sprichst du, Richard? Du, mein Freund, von dem ich glaubte, er sei der einzige, der meinen Verlust in seiner ganzen Größe ermessen und mitempfinden könnte!? Ich möchte dich an meiner Stelle sehen! Aber freilich,‹ fuhr er mit grellem Hohngelächter fort, ›deine Elise lebt ja noch! O pfui über den Egoismus, über die Teilnahmslosigkeit der Welt!‹ Und er warf sich wieder aufs Antlitz.

Betroffen über das Mißlingen seiner List, schlug Richard die Augen zu Boden.

›Ich bitte Sie, hochwürdiger Herr,‹ wandte sich der Vater an mich, ›helfen Sie uns doch den Unseligen trösten, auf daß er diesen Ort verlasse, der seiner verzweiflungsvollen Stimmung nur immer neue Nahrung gibt.‹

Artur erhob abwehrend die Hand. ›Ich brauche keine leeren Worte. Der geistliche Herr soll sich keine Mühe geben. Seine Vertröstungen auf ein Wiedersehen im Jenseits erinnern mich nur daran, daß ich hier auf Erden alles verloren und daß mir nichts anderes übrigbleibt, als auf diesem Grabe zu sterben!‹

›Artur, du versündigst dich!‹ rief der alte Herr und warf mir einen Blick zu, der für die Worte des Sohnes um Entschuldigung bat.

›Lassen Sie ihn‹, sagte ich. ›Ich fühle es ja nur zu gut, daß ihm jeder Trost leer und ungenügend erscheinen muß.‹

Diese Worte, die mir aus der tiefsten Seele kamen, schien der Jüngling nicht erwartet zu haben. Er richtete sich allmählich empor und betrachtete mich lange und schweigend. ›Das sagen *Sie*,‹ sprach er endlich, › *Sie*, der Sie nie geliebt?‹

›Warum verneinen Sie dies so bestimmt?‹ erwiderte ich. ›Ich bin ein Mensch wie Sie. Aber‹, fuhr ich fort, indem ich mir mit diesen Worten gleichsam selber Mut zusprach, ›fassen Sie sich jetzt. Gedenken Sie der Pflichten, die Ihnen das Leben noch auferlegt, und es wird Ihnen freier und leichter zumute werden.‹

›O nichts davon!‹ entgegnete er hastig. ›Ich habe jetzt keine Pflichten mehr. Und wenn auch, wie vermöcht' ich es, sie zu erfüllen! Die Tatkraft, die noch vor kurzem meine Brust geschwellt, ist erloschen, und der Flug meines Geistes auf immer gelähmt.‹

›Das scheint Ihnen jetzt so‹, sagte ich ruhig. ›Ich bin überzeugt, daß alles, was an edlen Kräften in Ihrem Wesen liegt, sich über kurz oder lang wieder regen und sich reiner und herrlicher entfalten wird, als dies vielleicht bei dem Besitze Ihrer Geliebten der Fall gewesen wäre. Denn‹, setzte ich hinzu und fühlte mich durch die Zuversicht meiner Rede selbst wunderbar getröstet und erhoben, ›ein großer Schmerz läutert, indem er die Seele zwingt, ihr Tiefstes zu sammeln. Er reift in uns die Erkenntnis, daß nur jenes Glück, welches wir ganz in uns selbst finden, Dauer verspricht und jedes andere, so schön es auch sei, vor einem Hauche in nichts zerstieben kann.‹

Artur blickte vor sich hin. ›Aus Ihnen spricht der Geist der Entsagung‹, erwiderte er endlich. ›Es ward Ihnen schon von jeher nahegelegt, so zu denken und den Blick auf die Kehrseiten aller irdischen Freuden zu richten. Wie hätten Sie auch sonst stark genug sein können, Ihr Gelübde zu tragen.‹ Er bemerkte nicht, wie ich im Innersten zusammenzuckte, und fuhr fort: ›Ich aber war stets ein Kind des Lebens. Ich freute mich der Blüten, ohne zu bedenken, wie rasch sie welken sollen, und genoß in vollen Zügen die Gaben der Stunde, ohne mich darum zu kümmern, was die nächste mir rauben könne. Und dann – mich hatte, was auch finstere Asketen dawider sagen mögen, schon die höchste Erdenseligkeit verheißend gestreift! O, Sie wissen nicht, was es ist, eine geliebte Braut ans Herz zu drücken!‹ setzte er, von der Erinnerung überwältigt, hinzu. ›Diesen Boden, in dem sie jetzt modern soll, betrat ich noch vor kurzem an ihrer Seite. Wie reizend erschien sie mir damals in ihrer milden Schönheit und aufknospenden Lebensfülle! Wie weich lag ihr Arm in dem meinen, wie lind schmiegte sich ihr Haupt an meine Schulter, als sie die verhängnisvollen, ahnungsreichen Worte sprach! – Sie werden vielleicht davon gehört haben?‹

Ich bejahte es schweigend.

›Wie hätt' ich mir träumen lassen, daß diese Worte sich so bald erfüllen würden!‹ Und plötzlich um sich blickend, fragte er: ›Von wo aus sieht man hier auf die Moldau hinab?‹

›Gleich von jener Bastei aus‹, erwiderte ich. ›Aber warum fragen Sie?‹ fuhr ich fort, da ich bemerkte, daß der alte Herr und Richard einander ängstlich ansahen. ›Sie sollen es erfahren. Kommen Sie!‹ Und er ergriff mich, da ich zögerte, beim Arme und eilte mit mir, während die andern uns auf dem Fuße folgten, nach der Bastei. Dort stützte er sich mit beiden Händen auf die Brustwehr und sah schweigend hinab. ›Wie trüb und schlammig heute der Fluß vorüberzieht, als verschmäh' er es, den grauen, unfreundlichen Himmel zu spiegeln‹, sagte er endlich tonlos. ›Es ist noch nicht lange her, daß dort unten in einer duftigen Mondnacht ein Kahn voll heiterer, lebensfroher Menschen vorüberfuhr. Mein Vater, mein Freund waren darunter – und ich und meine Braut.‹

›Wozu dieses beständige Wühlen in deiner Wunde‹, fiel ihm der Vater ins Wort, während ich atemlos aufhorchte.

Artur warf ihm einen beschwichtigenden Blick zu und fuhr fort: ›Wir kehrten von Podol zurück, wo wir uns unter Scherzen, anmutigen Spielen und frohen Wechselgesängen bis tief in die Nacht hinein aufgehalten hatten. Alles war von den Geistern der Laune und des Weines erregt; selbst meine sonst so stille Friederike wurde heiter, beinahe übermütig. Als wir in diese Nähe kamen und das alte Fort mit düsteren Umrissen still im Mondlichte aufragen sahen, rief einer von der Gesellschaft: 'Laßt uns doch den alten Wyschehrad mit einem Lied begrüßen!' Dieser Vorschlag fand lebhaften Anklang, und man drängte mich von allen Seiten, einen Gesang anzustimmen. 'Gut,' erwiderte ich, 'wir wollen die Schläfer hinter den Wällen wachsingen.' Und rasch mich besinnend, hob ich mit einem Liede an, dessen Worte mir der Augenblick eingab und welche ich einer bekannten Melodie unterschob.‹

› *Sie* sangen das Lied?‹ fragte ich.

›Ja, ich‹; erwiderte er, mein Erstaunen nicht in seiner eigentlichen Bedeutung fassend. ›Jetzt ist es mir, ich hätte mich damit versündigt. Es war ein echtes Lebenslied, begann weich und schmelzend, schwoll aber rasch zum Ausdrucke des frohesten Übermutes an. In welchem Vollgefühle des Glückes, wie zukunftstrunken sang ich es. Mir war, es müsse durch die Stille der Nacht über die ganze Erde erklingen und in jeder Brust einen Widerhall meiner Seligkeit wachrufen.‹

›Ich habe Sie singen hören und den Kahn vorüberfahren sehen‹, sagte ich.

Artur sah mich überrascht an.

›Erinnerst du dich nicht mehr,‹ bemerkte Richard, ›daß uns jemand auf eine dunkle Gestalt aufmerksam machte, die er hinter dem äußersten Mauervorsprung der Zitadelle zu erkennen glaubte. Vielleicht war es der geistliche Herr.‹

›Ich war es‹, entgegnete ich. ›Und vielleicht‹, fuhr ich gegen Artur fort, ›kann es etwas zu Ihrem Troste beitragen, wenn ich Ihnen bekenne, daß mir damals Ihr Lied sehr weh getan. Während Sie dort unten an der Seite Ihrer Geliebten und von froher Gesellschaft umringt vorüberfuhren, stand ich hier oben allein, einsam, die Brust voll namenloser Sehnsucht nach den Freuden, davon Sie sangen und die mir verwehrt waren, ewig verwehrt bleiben müssen. Wenn Sie der Schmerz über Ihren Verlust wieder mit seiner ganzen Wucht befällt und Sie zu überwältigen droht, dann denken Sie derer, die an den schönsten Verheißungen, an den holdesten Genüssen dieser Welt bebenden Herzens und mit dem Entsagungsworte auf den Lippen vorüberschreiten müssen.‹ Ich hatte bei diesen Worten die Hand des Jünglings ergriffen, der sich willig und fügsam von mir fortführen ließ. Als wir an dem Friedhofe vorbeikamen, wollte er nochmals hineingehen. ›Nicht doch‹, bat der alte Herr, der schon froh war, seinen Sohn gefaßter zu sehen, und stellte sich ihm in den Weg. ›Nur noch den letzten Abschied, Vater‹, sagte Artur, indem er ihn sanft beiseite schob und durch das Gitter trat. Wir anderen folgten. Er blickte eine Zeitlang mit gesenktem Haupte schweigend auf den Hügel nieder, dann nahm er den Arm seines Vaters und ging. Ich begleitete sie noch bis an ihren Wagen, der in der Nähe hielt. Beim Abschiede sagte der Jüngling: ›Leben Sie wohl, ich werde Sie und Ihre Worte niemals vergessen.‹ Die beiden anderen drückten mir mit stummem Danke die Hand.

Ich sah eine Weile dem fortrollenden Wagen nach; dann kehrte ich langsam zurück. Eine geheimnisvolle Macht trieb mich noch einmal in den Friedhof. Da stand ich nun allein inmitten der Gräber. Wie still war es um mich her! Nur manchmal rauschte ein kühler, feuchter Windstoß in den Trauerweiden und Zypressen und strich mit leisem Klingen durch die metallenen Kreuze. Die Schauer der Vergänglichkeit quollen und rieselten durch die Luft, und aus allen Hügeln schwieg mich das große Rätsel des Todes an. Ein tiefes, wohltuendes Gefühl von der Nichtigkeit des Daseins überkam mich, und eine hehre Freude zitterte in meiner Brust auf. ›Ja‹, rief ich und breitete die Arme aus, ›zweifach wird die Welt überwunden: entweder grausam durch den Tod, der alles Irdische des gleißenden Schimmers entkleidet und Moder und Verwesung bloßlegt, oder schön und herrlich durch den Mut der Entsagung, den Christus gepredigt und auf Golgatha besiegelt.‹ Und immer freier, immer leichter wurde mir; wie stückweis fiel es von mir ab, und gleich Flügeln fühlt' ich es an den Schultern. Als ich mich später, einem inneren Drange folgend, an die Orgel setzte, da stimmten die rauschenden, langgezogenen Töne wieder ganz zu dem feierlichen Ernste, zu der tiefen Ruhe meiner Seele.« –

»Und so,« fuhr er fort, während sich noch der Nachglanz jener erhabenen Stunde in seinen Augen spiegelte, »so lebte ich wieder, mit dem stärkenden Bewußtsein meiner Pflicht, mein stilles Leben fort; mehr und mehr verblaßte und verflüchtigte in mir die Erinnerung an jene Nacht, und immer seltener und schwächer zuckte mein Herz beim Anblicke des Mädchens, dessen blondes Haar ich einst mit brennender Lippe gestreift.«

»Und welches nun schon lange eine glückliche Gattin und Mutter ist«, sagte ich leise.

»Ja,« erwiderte er; »ich habe sie getraut und ihre Kinder getauft. Und da fällt mir ein, daß es gerade die Schrecken des Krieges waren, was ihr Glück begründete oder doch beschleunigte. Sie hatte ihr Herz einem jungen Soldaten geschenkt. Jedoch konnte, wie dies meistens unter ähnlichen Umständen der Fall ist, an eine Verbindung um so weniger gedacht werden, als der Geliebte keine Aussicht hatte, bald vom Militär loszukommen und sich eine andere Lebensstellung zu erwerben. Da geschah es noch, daß er plötzlich versetzt wurde, und so brach nun auch über Ludmilla das Leid des Daseins herein. Man sah es, wie sie sich still härmte und die Tage ihrer schönsten Jugend in öder, hoffnungsloser Sehnsucht verlebte. Ich hatte inzwischen angefangen, von meinen geringen Ordensbezügen das Möglichste zurückzulegen, um den Liebenden doch wenigstens nach Jahren eine gewisse Summe zur ersten Beschaffung eines einfachen Hauswesens übergeben zu können. Da kam das Jahr Achtundvierzig mit seinen Revolutionsstürmen, und der Entfernte zeichnete sich auf dem italienischen Schlachtfelde derart aus, daß er dekoriert und zu einer Beförderung in Vorschlag gebracht wurde. Da er aber einige schwere Verwundungen erlitten hatte, die ihn, wie sich später erwies, zum aktiven Dienst untauglich machten, so willigte man um so eher in seine Bitte, ihn als Zeugwart auf dem Wyschehrad anzustellen, als der Vater Ludmillas mit zunehmenden Jahren zu kränkeln begonnen hatte. So bedurften die beiden meiner Hilfe nicht mehr, und meine kleinen Ersparnisse kamen Prokop zugute, dem sich damit unter meiner Anleitung eine wissenschaftliche Laufbahn erschloß. Die Alten lebten noch ein paar Jahre still und zufrieden bei den Neuvermählten; endlich starb der Vater – und bald darauf die Mutter.«

»Und was ist aus Artur geworden?« fragte ich.

»Erraten Sie es nicht?« antwortete er lächelnd. »Er ist wieder glücklich, im Besitz einer vortrefflichen Gattin und einer ganzen Reihe von allerliebsten Kindern. Und so bin nur ich, weil ich es eben mußte, einsam geblieben und werde es sein bis an mein Ende.« Er hatte bei diesen Worten, in deren Heiterkeit ein leiser, sanfter Schmerzenston wunderbar vibrierte, die Gläser gefüllt. »Auf Ihr Glück!« sagte er und trank. Dann legte er mir die Hand wie zum Segen aufs Haupt: »Der Himmel schütze Sie vor den feindlichen Kugeln.«

Es war spät geworden, und ich mußte fort. Er geleitete mich zum Doppeltor der Zitadelle, das mir der verschlafene Wachegefreite aufschloß. Wir umarmten uns und drückten einander zum letzten-mal die Hand. Dann riß ich mich los, eilte durch die Halle und auf der Straße fort, die in einer scharfen Krümmung die Höhe hinab und der Stadt zuführt. Am Buge hielt ich an und blickte nach der Zitadelle zurück. Hoch oben auf der Plattform stand Innocens und winkte noch einmal zum Abschied. Sein Antlitz schimmerte im Strahl des Mondes, der durch das leichte Gewölk der Frühlings-nacht brach, wie verklärt.

 tredition®

Über tredition

Eigenes Buch veröffentlichen

tredition wurde 2006 in Hamburg gegründet und hat seither mehrere tausend Buchtitel veröffentlicht. Autoren veröffentlichen in wenigen leichten Schritten gedruckte Bücher, e-Books und audio-Books. tredition hat das Ziel, die beste und fairste Veröffentlichungsmöglichkeit für Autoren zu bieten.

tredition wurde mit der Erkenntnis gegründet, dass nur etwa jedes 200. bei Verlagen eingereichte Manuskript veröffentlicht wird. Dabei hat jedes Buch seinen Markt, also seine Leser. tredition sorgt dafür, dass für jedes Buch die Leserschaft auch erreicht wird.

Im einzigartigen Literatur-Netzwerk von tredition bieten zahlreiche Literatur-Partner (das sind Lektoren, Übersetzer, Hörbuchsprecher und Illustratoren) ihre Dienstleistung an, um Manuskripte zu verbessern oder die Vielfalt zu erhöhen. Autoren vereinbaren direkt mit den Literatur-Partnern die Konditionen ihrer Zusammenarbeit und partizipieren gemeinsam am Erfolg des Buches.

Das gesamte Verlagsprogramm von tredition ist bei allen stationären Buchhandlungen und Online-Buchhändlern wie z. B. Amazon erhältlich. e-Books stehen bei den führenden Online-Portalen (z. B. iBookstore von Apple oder Kindle von Amazon) zum Verkauf.

Einfach leicht ein Buch veröffentlichen: **www.tredition.de**

Eigene Buchreihe oder eigenen Verlag gründen

Seit 2009 bietet tredition sein Verlagskonzept auch als sogenanntes "White-Label" an. Das bedeutet, dass andere Unternehmen, Institutionen und Personen risikofrei und unkompliziert selbst zum Herausgeber von Büchern und Buchreihen unter eigener Marke werden können. tredition übernimmt dabei das komplette Herstellungs- und Distributionsrisiko.

Zahlreiche Zeitschriften-, Zeitungs- und Buchverlage, Universitäten, Forschungseinrichtungen u.v.m. nutzen diese Dienstleistung von tredition, um unter eigener Marke ohne Risiko Bücher zu verlegen.

Alle Informationen im Internet: **www.tredition.de/fuer-verlage**

tredition wurde mit mehreren Innovationspreisen ausgezeichnet, u. a. mit dem Webfuture Award und dem Innovationspreis der Buch Digitale.

tredition ist Mitglied im Börsenverein des Deutschen Buchhandels.

Dieses Werk elektronisch lesen

Dieses Werk ist Teil der Gutenberg-DE Edition DVD. Diese enthält das komplette Archiv des Projekt Gutenberg-DE. Die DVD ist im Internet erhältlich auf **http://gutenbergshop.abc.de**

FSC
www.fsc.org

MIX

Papier | Fördert
gute Waldnutzung

FSC® C083411

Zeitfracht Medien GmbH
Ferdinand-Jühlke-Straße 7
99095 Erfurt, Deutschland
produktsicherheit@kolibri360.de